大黑蛾

司馬中原 著

目錄

大黑蛾 05
怒狼 25
人禽 95
野市 135
店門裡外 161
李隆老店 185
夏季市場 203

大黑蛾

大黑蛾

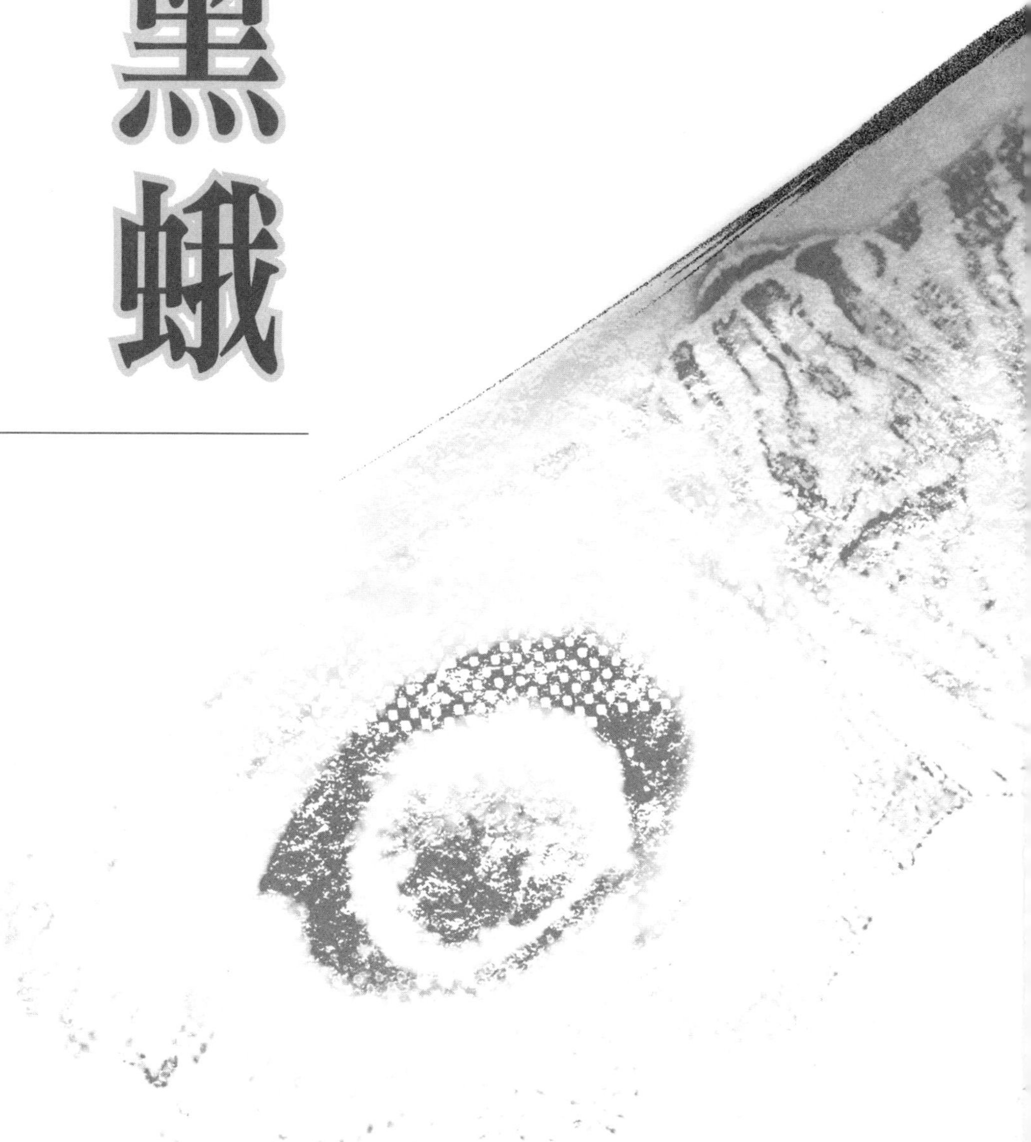

你有沒有見過那種樣的蛾蟲？或是聽人講說過與那種蛾蟲有關的故事？當然，來自古老北方的鄉野的傳說，都有著一份濃烈的陰黯的色彩，像是長年經受煙燻火烤的牆壁，灰褐中又泛著些兒煙黃。在那些顏彩濃烈的油畫裡，你也許見過那種樣的顏色，感覺到由於那種樣顏色的濡染，使你產生出若干原始的、可怖的聯想，像鬼靈、妖魅、以及死亡……等等的。

而你不會相信那些傳說的，正像我也很難相信它一樣，因爲我們全是有知識、有理性、有獨立思考能力的現代人，我們聽取了這一類的傳說，立即會指陳出它的荒謬、它的無稽來。但任何荒謬無稽的傳言，都曾被一代一代裡更多的人們相信過，不然，它不會像風一樣衍傳，更不會傳至我們的耳中了。

即使那真的是一種錯誤，也該是早已發生過的，在我們這個古老的民族裡面，在我們祖先們的身上，除了由我們承擔之外，是很難賴得掉的了。你也甭以爲你是現代人，就認定：凡在同一時空中存活的人群全都像你一樣的現代了！我們若去觀察時間的參差，最好的標本就是能夠看見的活人的腦袋，——那些腦袋裡的意識，單就時間的觀點去看，它們的差距相同於我們民族的全部歷史呢！

你有權利不相信這故事，但我有權利把它保存到所有的人都不相信它的時候！這話已經說得夠明白了，再換一個方式說：你有權利不信香灰符水能夠治病，但有些人仍然跪在城隍廟大殿前叩頭搗蒜，去求賜香灰符水。我們明白，整體的生存情境，不光是你我構成的，唯其如此，才治煉了我們思考、辨別和評斷的能力，你忍耐點兒，姑妄聽之罷。

並不是所有的飛蛾都和這傳說有關，我所指的，只是其中的一種。那是平常極少見到的大黑蛾。

大黑蛾只是人們通常稱謂牠的名字，其實，那種蛾蟲的全身，並不完全是黑的。有一種全身呈灰栗色，背上、翅上都有著圓形的黑色線圈，線圈中間是一塊小小的白色點子，很像你用毛筆在白紙上劃下的一個「0」字，另一種全身卻是漆黑發光的，但也有著黑白相間的橢圓形的花紋，由於對比過分強烈，給人一種怪異的恐怖的感覺，就好像你幼年時進了京戲院子，初次看見打上花臉的臉譜一樣。

幼小的時候，我就在燈下聽過那些美麗的姑姨們講說過大黑蛾的傳說了。說這一類的黑蛾都是鬼變的，大約是指那些陰山背後的永世幽魂罷？牠們最先生長在荒涼的亂塚堆裡，揀那些無主的荒墳（墳土崩塌，露出棺角的墳），從已經腐朽了的棺縫中鑽進去，在死人的頭蓋骨裡做巢居住，過了七七四十九天，就能飛出來害人了。

你總聽說過北方鄉野上，普遍流傳著一種叫做「喉蛾症」的怪病罷？凡是得了這種病的病人，心眼兒裡那份絕望，要比現時得了癌症還要厲害得多。因爲癌症所害的，只是患者本身，但「喉蛾症」不同，不但患者本身必死，而且在他死後，還會傳給他兒子當中的一個，這樣的父傳子、子傳孫，頗類似咱們歷史上那些王權、爵位「世襲」的味道。

當然，顧名思義，你也該猜出，這種群醫束手、藥石罔效的絕症，全跟那傳說裡的大黑蛾有關的了。

現在，先讓我引著你，走進一些同樣古老但式樣不同的宅子裡去，給你看看北方的人們——尤其是婦女——是怎樣的對待那些大黑蛾罷？她們視牠是一種靈異的鬼物，憎嫌牠，又駭怕牠，誰若看見牠，比看見鬼靈還要不吉，比看見蛇蠍還要厭惡三分呢！

來罷，你看這間屋子，是一間女孩兒的閨閣，紅漆的梳妝臺不怎麼新了，鏡背的水銀粉兒受了潮溼，使鏡面上裂出一些龜紋來，一個紮著紅頭繩的梳短辮子的小女孩兒，正在匆匆忙忙的放下門簾兒，一個十八九歲，做姐姐模樣的姑娘，神色倉惶的喘息著，手裡捏著一把雞毛扇兒，東一扇、西一扇的朝空裡搧撲。

一盞煤油燈，捻得亮亮的放在條几上，旁邊還放著盛有針線雜物的小扁盒，一隻好大好大的蛾蟲，受了燈光的吸引，不知從哪個黑暗的角落裡飛進屋來，硬把這屋裡挑燈刺繡的夜晚給擾亂了。

黑蛾在飛舞著。牠額上兩支短而扁的羽形觸鬚，不停的抖動著，牠那對看來很肥厚的粉翅展開來，足有二吋寬，比得過一般的蝴蝶，但牠究竟不是蝴蝶，牠的舞姿沒有蝴蝶那樣的優美輕盈，牠是盲目的、笨拙的，卻帶有幾分神經質的鬼氣。

做姐姐的那個姑娘，幾扇子沒撲著牠，牠直飛上樑頭去，身和翅不斷碰擊樑柱，落下一些粉末來，在燈光裡飛揚著，……忽然牠又飛下來了，叮叮的撞擊著那面鏡子，那面現出龜紋的鏡裡，映出牠的很多影子，——每一道裂痕裡，都現出一隻黑蛾來，如果揉合了那些傳言看牠，在感覺上，就很妖異了。

牠的形態確是很醜惡的，肉聳聳的背脊，肥大而抽搐著的肚腹，濃黑的兩抹吊死鬼形的眉，總在盼顧著什麼似的眼，整個背翅間呈露出的鬼臉樣的花紋，無一處不使人肉顫眼跳，泛起一股欲嘔的噁心。

「打呀！姐姐。」小女孩兒叫說：「蛾落在鏡子上了呀！」

做姐姐的也叫嚇慌了，一扇子打下去，把牠打落在地上，但顯然沒能傷著牠，牠掙扎著在地上繞了一個圓圈兒，留下一圈白色的燐粉印兒——可不又像一個阿拉伯字的「0」？然後，牠從窗隙飛走了，留下的是一番詛咒，以及一整晚的談論，——輾轉不盡的、有關黑蛾祟人的故事。那些故事裡，都有著令人難以安眠的慘怖。

現在，我們到另一家去，這是一棟鄉野上農戶的宅子，半新不舊的茅草屋，四壁是刷著黃泥的土牆，有一盞沒罩的黑陶製成的菜油盞坐在靠窗處的燈洞裡面，伸著吐黑煙的紅舌頭，那種明暗不定的紅光，映現在一個低著頭在縫補衣物的中年婦女腦後的髻餅兒上，那農婦的頭髮彷彿經年沒洗過，一層刨花兒水（*北方婦女梳頭，常用香木屑兒泡水，代替髮油，俗稱刨花兒水。）擦上去，乾了，再擦一層兒，弄得乾不乾、溼不溼、水不水、油不油、灰不灰、土不土的，看上去黏黏膩膩，把那支桃木簪兒也染黑了，髻外還套著一張破了的髻網兒，腦油把網線全黏粗了，你不必問她是張大娘還是李二嬸，總之是那一類的婦人，——她們腦子裡裝著的故事，也像她們的頭髮似的，從來沒洗過，聽來是什麼樣，就是什麼樣！

在她髻餅兒側面的上方，對啦，在那窗洞的上面，有一隻大黑蛾展著翅，一動不動的伏在那兒，由於黃土牆的顏色很淡，即使燈光暗些，也很容易看得出來；這隻大黑蛾，比方才的那隻還要大！背脊上的花紋也更可怖，牠的翅影兒在牆上搧乎搧乎的，牠並沒有動，動的只是燈光，你會發現牠已經殭死很久了，牠的頭部、身體和肚腹上，一共扎進了三支很長的大針——縫被子用的那種針，針都已經銹了。

牠是被三支大針扎死，釘在窗洞上面的，扎死牠的，就是那個農婦。在北方，人們捉到了這種恐怖的大黑蛾，唯一的處斷方法，就是一面唸著火光咒，一面用鋼針扎死牠，火光咒連著唸三遍，大針連著扎上三根，再把牠的屍體釘在窗楣的正上方，頗有「懸屍示眾」的氣氛。

爲什麼要這樣呢？好像很少有人這麼問過，就是有些不懂事的孩子問起來，答覆也都是一樣——傳說這樣弄死牠，牠才不會還魂。

因爲牠是妖異的鬼物，不是一般的蛾蟲。

你必須明白這些，你才會弄得清鄔七爺家的這本賬。在許許多多關於黑蛾祟人的恐怖傳說裡面，鄔七爺家所發生的故事是典型的。他們家七代單傳，每一代當家主兒，都是年輕輕的就得上了「喉蛾症」死的，只有鄔七爺例外，所以他是個活著的證人。——任何傳說，都是照例要扯上這麼一個證人，講起來才鑿鑿有據，在鄉野間，這是一種相沿已久的習慣了。

傳說大黑蛾祟人的唯一方法，就是趁人不注意的當口，一翅飛進那人所吃的食物裡去，對方一旦把牠呑入咽喉，那就中了牠的詭計了。牠會在人的喉嚨裡做巢，吸人的血液，噬食人的腑肺，直到遭祟的人嚥氣爲止。

鄔七爺的先祖，就是這樣害上喉蛾症的。他死後，接著就是第二代，第二代剛娶親，生下嬰兒來，又被黑蛾祟死了。這嬰兒——也就是鄔家的五世祖，一直長到十二歲，都好好兒的，沒患喉蛾，家人以爲那鬼蛾蟲不會再回來害人了，誰知剛過十二歲的生日，喉蛾症又上了他的身。

有人說，那黑蛾從死者的墓裡飛出來，仍然找鄔家的後代；又說是毛病全出在晚間吃的那碗麵上，那時天已漸漸落黑了，從灶屋端麵到堂屋，要經過院裡的絲瓜架兒底下，那機伶的鬼蛾蟲就該是藉那機會飛進麵碗去的，小孩兒不知道，撥了就吃，嘴一張，蛾蟲就連飛帶滑的被他吞下去了。

是與不是姑且不論了，那孩子從十三歲起就患上喉蛾症卻是事實，病，在身上前後拖了七年，到那孩子成親後第二年，——鄔七爺高祖父出生那年，他就辭世了，一共在世上活了廿年。

經過三代鬧黑蛾，鄔家的人都已變成驚弓之鳥，他們相信這隻祟人的黑蛾還會再來，就多方延請些巫人術士上門，共謀除掉這隻黑蛾的方法。其中有個遊方道士說：

「黑蛾祟起人來，要比惡鬼附身還難纏得多，惡鬼籍隸陰司，還有個閻王管著他，有個判官稽察他，這些由陰山背後逃出來的幽魂變成的鬼蛾蟲，連陰司的生命簿兒上都除了籍，你就設法壇、焚符咒，一狀告到陰司去，只怕也查不出個頭緒來的。」

另一個吃神鬼飯的說：

「黑蛾好像狼虎一個樣兒，那些沒害過人的狼虎，經歷不深，打也好打些，除也好除些，……一旦嚐過了人血，啃過了人心，牠們沾上人氣，就會變得更狡獪、更聰明。這隻黑蛾祟了你們家三代當家主兒，道行夠深的了，你休想捉著牠，三針刺死牠釘在窗楣上了，火光咒也拘不住牠啦！」

「金針刺喉也沒有用，」另一個附和說：「至於延醫服藥什麼的，那更甭談了。」

「辦法倒不是沒有，」遊方道士說：「那是說：患上喉蛾症的病家是救不得了，要等他臨終快嚥氣的時辰，就把他的七竅全用糍粑封上，再貼鎭魔的靈符七道，不讓那黑蛾再飛出來，……死人入殮時，頭和腳要顚倒了放在棺材裡，落葬時，棺材也要顚倒下土，這是防著萬一靈符的年限過了，那蛾蟲飛出來，也會迷了方向，不會再找上鄔家的門。」

鄔七爺的高祖父也是患喉蛾症死的，家裡人雖記著遊方道士的話，先就預備了糍粑團兒和七道靈符，但臨時軟了手腳——不忍在死人嚥氣之前就封住他的七竅，就這麼猶猶豫豫的磨梭，再封，卻成了馬後炮，——那蛾蟲已像一道煙似的飛走了。

他曾祖和祖父兩代，也因爲這樣，所以喉蛾症才會落到鄔七爺他爹——鄔駝腰的頭上。

鄔家莊是個大莊子，鄔家一族的人口多，族系繁，一直是熱熱鬧鬧的，偏就是鄔七爺這一支，在黑蛾的神秘威脅下，苟延殘喘似的活著。

對於鄔駝腰以上鬧黑蛾的情形，鄔七爺本人也沒見著過，那時他還沒出世呢。可是他對他爹鬧喉蛾的事情，卻原原本本的記得很清楚，正因爲他記得，他才會相信七代鬧喉蛾的事是千真萬確的，要不然，他就不會講得頭頭是道，振振有詞了。

鄔駝腰得上喉蛾症那年，鄔七爺才十四歲，人家還管他叫鄔小七兒呢，十四歲的小七兒，肚裡早就裝滿了大黑蛾祟人的故事了。

「那時我就懂得成天成夜的害怕了！」鄔七爺跟人說：「我是獨子，跟傳說裡的上面七代一樣，都是一脈單傳，一想到這隻鬼蛾蟲，日後也會鑽進我的喉嚨，啃噬我的心肺，心裡不由就發寒發冷。

七代喉蛾鬧下來，我們家盡出短命鬼，七代祖先，沒有一個人活夠四十歲的，我爹發病那年，也只卅三歲。他身材原就矮小孱弱，再加上天生的駝腰，更像一隻乾巴巴的蝦米，就是沒發病，也已經不得風吹了！

喉蛾症不單祟了人，把偌大的一份家業也給耗光了，田產去了十之八九，只落一座破瓦頹垣的老宅子，修也修不起，只有拆了東牆去補西牆。窮愁再加上病，病勢也就分外的猛，一夏天過去，我爹就吐了血。

『鬼蛾蟲又飛回來了！』村裡都這麼竊議說：『瞧光景，駝腰他是沒救的了！……小七兒雖說是改了排行（傳說黑蛾只祟長子，改為族中大排行可免災），怕也瞞不過牠。』

『趁當家主兒還沒倒下頭，還是要小七兒出門避災去罷。』也有人好心的勸我娘說：『鬼蛾蟲在妳家越鬧越兇，驅又驅不得，治又治不了，眼看日子沒多時了，妳總得想法子，儘量的保全孩子呀！』

我爹那病，入秋變重了，大塊的血痰朝外吐，黏乎乎又肉聳聳的，活像些沒長毛的肉老鼠，夜深人靜的時辰，隔著房門帘兒，全聽得他吼吼的喘息，呼嚕呼嚕像是鐵舖拉風箱。

我沒辦法，一心都是怕。一個人留在堂屋裡，呆看著條案上的兩支蠟燭，板壁牆上，拖著我自己的黑影子，那搖搖閃閃的蠟燭在競著哭，一滴滴朝下滾淚。蠟燭後面，是那樣一排大小不一，高低不等的祖先牌位，有的裝在檻子裡，有的仍包紮著褪了色的紅綢，望在我的眼裡，不再是木頭刻的亡人牌兒，卻變成了六七張青黃色的鬼臉，就像我做夢時夢見過的那些傳說被黑蛾祟死的祖先，那樣的睜大眼睛，瞪著我，又彷彿朝我圍撲過來，要告訴我一些什麼。我嚇得直想哭，可又叫那般可怖的魘魘禁壓著，不敢哭出聲來。

我媽跟族裡的人商議，打算把我藏在人家窖紅薯的地窖裡過一段日子，說是爹死後，黑蛾就是飛出來，也許不會找到地窖裡去。

『那不成，地窖裡沒天沒日的，又悶又潮濕，』一個嬸嬸說：『白白的苦了孩子不說，也未必能躲得了那隻鬼蛾蟲！』

『要想避黑蛾，莫如把孩子送遠些，城裡找找熟人，薦他進店去學個手藝什麼的。』另一個嬸嬸出主意說：『小七兒日後滿了師，就替他挑個媳婦兒，在城裡設籍落戶，也許就能免得這一劫了。』

媽哪會在城裡找著熟人來?病倒在床的爹聽著了,喘著把媽跟我叫進房去,說:

『我這病,不是病,是鄔家前世留下的冤孽,眼看著就沒指望了!昨夜晚,我夢見幾個祖先來看我,眼泡兒哭得紅紅腫腫的,交代我要盡力保全小七兒。如今,我一闔眼,就看見牛頭馬面堵著門,兩個手拎鐵鍊兒的小鬼,冷著鬼臉站在我床面前,……小七兒要走,就打發他趕快走罷,再晚,他走的不及黑蛾飛的快,只怕……脫不……了身……我巴望他走……得越遠越好。』

說著說著的,他突然抿住嘴,用手指著痰盂兒,意思是又要吐血。我剛把痰盂兒移近他,他一翻身,一串血餅兒就從他嘴裡竄出來,那哪兒像是血塊?硬是一窩紅濟濟的光腚老鼠,落在痰盂裡,還一跳一跳的動彈呢。

一見那種淒慘樣兒,媽就哽哽咽咽的哭出聲來,哭聲浮在黯沉沉的屋子裡,更讓人心覺得冷濕,彷彿一心想牽住留住什麼,又牽不住留不住一樣……

『你究竟覺得怎樣了?』媽扶著爹駝起的脊背,我弄不清楚,那裡面究竟裝了多少隻血老鼠?牠們爭著朝外跑,總有一天會跑光的,只留下一具由骨架和黃皮裹成的空殼兒,到那時,爹怕就不再會講話了。

『那蛾蟲,……那鬼……物!』爹喘著說:『牠在咬我的心,啃我的肺,我聽見,聽見牠在我心裡抖翅,我……我活著,只是在拖延日子罷了!妳無論如何,先把小七兒給送走，莫讓這鬼物再祟著他！』

『他嬸嬸也講，要把他送進城去，』媽愁眉苦臉的說：『你是知道的，我們在城裡沒熟悉的人，沒人薦引，送不進店裡……』

『老貨郎老秦倒是個好心人，』爹說：『改天他的貨郎挑擔子下來，妳不妨央請他幫幫忙，小七兒雖說年紀小，倒還懂事，進店去學徒儘夠了，……西村的巫婆李二娘說過，避黑蛾離家，要使障眼法，不論靈與不靈，妳得找她來行行關目。』

『我曉得。』媽說：『小七兒走前，我會去找李二娘的。』

我離家去城裡學徒的事情，因爲老貨郎熱心幫忙，不久就決定了。究竟去城裡什麼地方？哪家店子？除了媽和秦老爹之外，誰都不知道，連我也沒頭沒腦的，像蒙在鼓裡，據說那鬼變的黑蛾耳朵很靈，要是走漏了風聲，那就躲不了牠了。

那天夜晚逢著月黑頭，天又飄著綿綿的冷雨，媽把我從夢裡叫醒了，等我穿好衣裳，就不聲不響的塞給我一隻打妥的小包袱，摸黑牽我到院子裡，巫婆李二娘在院心等著我，交給我一把油紙傘和一雙木屐，要我打著傘，揹上木屐跟她走。

走到灶屋裡，她替我抹了一臉鍋煙灰，要我把穿在腳上的鞋子脫下來，倒放在門口，另替我換上一雙沒沾過地的新鞋子。走出灶房進倉房，她又替我脊背上掛上了一隻篩子，然後領我到磨房，繞著那盤石磨，正著走三圈，倒著退三圈，嘴裡嘰哩咕嚕也不知唸些什麼?我想開口問話,她伸出手指捺在我的嘴唇上,連推帶搡的把我搡出大門。

我還沒來得及回頭,碰的一聲,那扇門就關上了。

『不要開口。』老貨郎的聲音在黑裡飄過來說:『你跟我走罷。』

我叫弄得懵懵懂懂的,連東西南北都分不清。老貨郎穿著簑衣,挑了擔兒在前頭走,我在後頭跟著,風鼓著傘,斜斜的雨點打得傘面砰砰響,一路上都是水凹兒和潮濕的落葉。我看不見老貨郎,只聽見他草鞋踩水的聲音,只覺著秋風秋雨的黑夜裡,有著使人瑟縮的冷。

我就是這樣離開家,進了城的。」

我的一個姨媽就住在那座城裡,她說她認得住在東關的老貨郎,鄔七爺學徒的那爿南貨店,就在她家緊隔壁。鄔七爺入店學徒那年,她剛從鄉下嫁進城,儘管當時的鄔小七兒改姓秦,她也認出他來,——鄔家村靠外祖母家只有幾里地,她自小就聽過鄔家鬧黑蛾的事情,也見過鄔小七兒,知道他進城是爲了躲避黑蛾的。

「雖說事隔多年了,我可記得一清二楚,」她跟我們講起那事說:「那天一大早,剛開開店面,就看見貨郎老秦,領著個怪模怪樣的半樁小子走過來,那孩子臉上抹著鍋煙灰,好像京戲園子裡的黑頭包公,下半身濕濕的,全是泥漿,上半身汗氣蒸騰,一看就知是趕遠路來的，他肩上揹著一雙木屐，又揹著個篩子，篩上畫的有符，中間還寫著一個『迷』字。

當時我沒認出他，也沒出去問老秦，只覺得有些古怪，猜不透老貨郎他爲什麼要帶這孩子來？過了兩天，他出來掃店廊，臉洗乾淨了，我才認出他來，我說：

『你不是鄔家的小七兒嗎？怎會進城學徒來？』

他翻眼望我說：

『妳不要四處去講，我暫時改姓「秦」了。……我爹鬧喉蛾，吐血快死了，我媽託秦老爹薦我來學徒，就爲避蛾劫的，店東也知道，他也叫我不要講。』

『夥計全不知道嗎？』

『不知道。』他說：『妳不說，他們就不知道。』

『我不會講出去的。』我說。

小七兒在南貨店裡，沒人叫他小七兒，全跟著店東，管他叫秦小相公，他爲人做事又穩沉，又靈巧，上上下下都待他很好。

說著說著到了第二年的春天，怪異的事情就發生了。我記不清究竟是哪一天？只記得是個燒著霞的黃昏，我們店舖裡剛掌上燈，街上的霞光還沒落呢！我坐在櫃檯裡面的高腳凳兒上，回臉朝外望著街景，就看見一隻好大好大的黑蛾蟲，像隻小蝙蝠似的抖著翅膀，東一翅、西一翅的在廊簷下亂飛亂撞。

起先我癡癡的看著牠，並沒想到鄔小七兒的身上，只是覺得：奇怪呀？春頭上，哪來這麼大的一隻怪蛾蟲來？看牠那亂飛亂撞的樣子，又像是迷了路，不知要朝哪兒飛？又像是急著要找尋什麼？

牠這樣飛著撞著，竟撞進我們家的店舖裡來了，繞著煤油燈飛了三圈，一翻翅膀，又倒繞了三圈，像在耍什麼魔法似的，然後落在白瓷的燈罩兒上。

我有生以來，只是那麼一次，看見過那麼大的一隻蛾蟲，又看得那樣清楚。燈光從下面射上來，白瓷燈罩兒薄薄的不擋光，牠的全身便被燈光映得透明，牠雙翅平平的貼在燈罩兒上，好像在想些什麼，又好像飛了太遠的路，累極了，伏在那兒暫時歇一會兒。牠是那樣的大，一隻蛾蟲大成那種樣兒，足夠把人嚇呆的。

在我發呆的那一剎，我一直靜靜的看著牠，牠的眉毛是醜怪的，兩眼匿在黑斑的斑痕裡，像剪下的黑紙貼上去似的，牠背上的花紋牽牽連連的蛇扭著，通明的肚腹一抽一搐的翕動，能看得出一肚子紅血夾著紫色斷線一樣的血絲。

立刻，我聯想起鬼變的黑蛾祟人的故事，也想到鄔七他爹鄔駝腰和逃進城躲避蛾劫的孩子；一串陰森不吉的預感重重包住了我，我想到，不管自己怎樣害怕，也要撲殺這隻來路不明的鬼蛾蟲。……我一面默唸著拘禁飛蛾的火光神咒，一面悄悄的摘下襟上的針來，想按古老的法子刺死牠，釘牠在窗楣上，再跑到隔壁去召人來看。

說也奇，我剛唸了一遍火光咒，剛移步朝牠走過去，牠翅膀一振，就飛開了，眼看著牠在樑頂上繞了個圈兒，搧乎搧乎的飛出二道門，飛進隔壁的南貨舖裡去了。

我手裡還捏著針，越想越不對勁兒，就跟小夥計說：

『你守著店，我去隔壁紀家去借樣東西。』

匆匆忙忙的趕過去，南貨舖裡正在擺飯，紀老闆跟賬房、大夥計都已上了桌，鄔七掀開木桶，忙著替他們添飯，那晚上，他們恰巧是吃的麵條──黑蛾最容易隱匿的一種飯食。

我匆匆走進屋來，站在櫃檯外的長檯旁邊，先舉眼在各處逡巡著，店堂裡吊著一盞大樸燈，燈焰捻得很亮，各處都沒看見那黑蛾的影子。

傳說告訴過我，黑蛾最是通靈，但凡遇著這些事情，切忌大驚小怪的亂張揚，一旦當著人把話說破了，那鬼東西當時就不會出來，你也休想捉住牠，朝後日子長得很，你防也防不住牠。我又想把看見黑蛾的話跟紀老闆單獨講，叮嚀他留神小七兒的飯碗，就便見機行事，但他已經上了桌，一時找不到機會。

人說：人一急起來，心裡好像滾油煎著似的，那真一點兒也不錯，我當時心裡那份著急，簡直就甭提了！說是出口講話罷，又怕黑蛾驚遁了，留爲後患，說是暫忍著不講呢？

又怕小七兒遭到那鬼物的毒手，牠一滑進他的喉嚨去，任什麼都救不得他了。

這時候，紀老闆丟下筷子，跟我打招呼說：

『新娘子，吃罷晚飯了？』

『還沒有。』我說。我的兩眼還在逡巡著。

『天氣慢慢轉暖了。』他說：『暖得不像是春天。』

我發現，他一邊跟我故意的扯閒話，一面也抬起眼來，朝四面張望著什麼，我就接著他的話音兒，兜圈子提醒他說：『可不是，撲燈的蛾蟲都出來了呢！』

按照一般店鋪裡的老習慣，店主人不舉筷子，桌上的人都只有等著，那個紀老闆坐在飯桌，跟我有一搭沒一搭的聊著天，一面要秦小相公也把麵條兒添上，破例的同桌吃（沒出師的小夥計，照例要等店中人吃完飯，才能上桌。），他這一吩咐，鄔小七兒當真添了一大碗麵，坐上了桌子，你想那時我有多麼急罷？——只要紀老闆一動筷子，小七兒這一輩子就完了呀！……

不但是我，店裡所有的人都沒弄清是怎麼一回事兒，紀老闆一面跟我說話，悄悄的伸手抓住桌角上的一隻空碗，翻手一蓋，就把鄔小七兒面前的麵碗給蓋上了，小心翼翼的端在他自己的面前，鄭重的說：

『沒事了。這回總算捉著牠了！』

他又嘆了一口氣，跟鄔七說：

『你趕夜去找老貨郎，領你回家奔喪去罷，——你爹已經死了！』」

你覺得奇怪嗎？我姨媽她是這麼講的，我也曾在外祖母家見過鄔七爺，他那時也已近四十歲了，姨媽整四十，他和她在一道兒講起當年那段事情，都是認真的，沒有半點兒說謊的樣子，事實上，他（她）們也不是說謊的人。

鄔七爺沒再染上「喉蛾症」，他跟紀老闆的獨生女兒成婚後，就留在城裡，接下了那爿南貨店，說當時，他岳父已經看見那隻黑蛾攀在酒缸上，缸面是黑的，正好匿住牠，可惜匿不住牠身上的花紋。他故意和姨媽說話，又叫他添上麵來，等那黑蛾飛進去，他就蓋上那隻碗。

大黑蛾崇了鄔家七世，最後被放在蒸籠裡，用猛火蒸了三天三夜，掀開碗再看，一碗麵條早化了，只落下一碗的鮮血。

這故事雖然荒謬，但總是被上一代人認真的相信過，要不然，我怎會再講給你聽？

怒狼

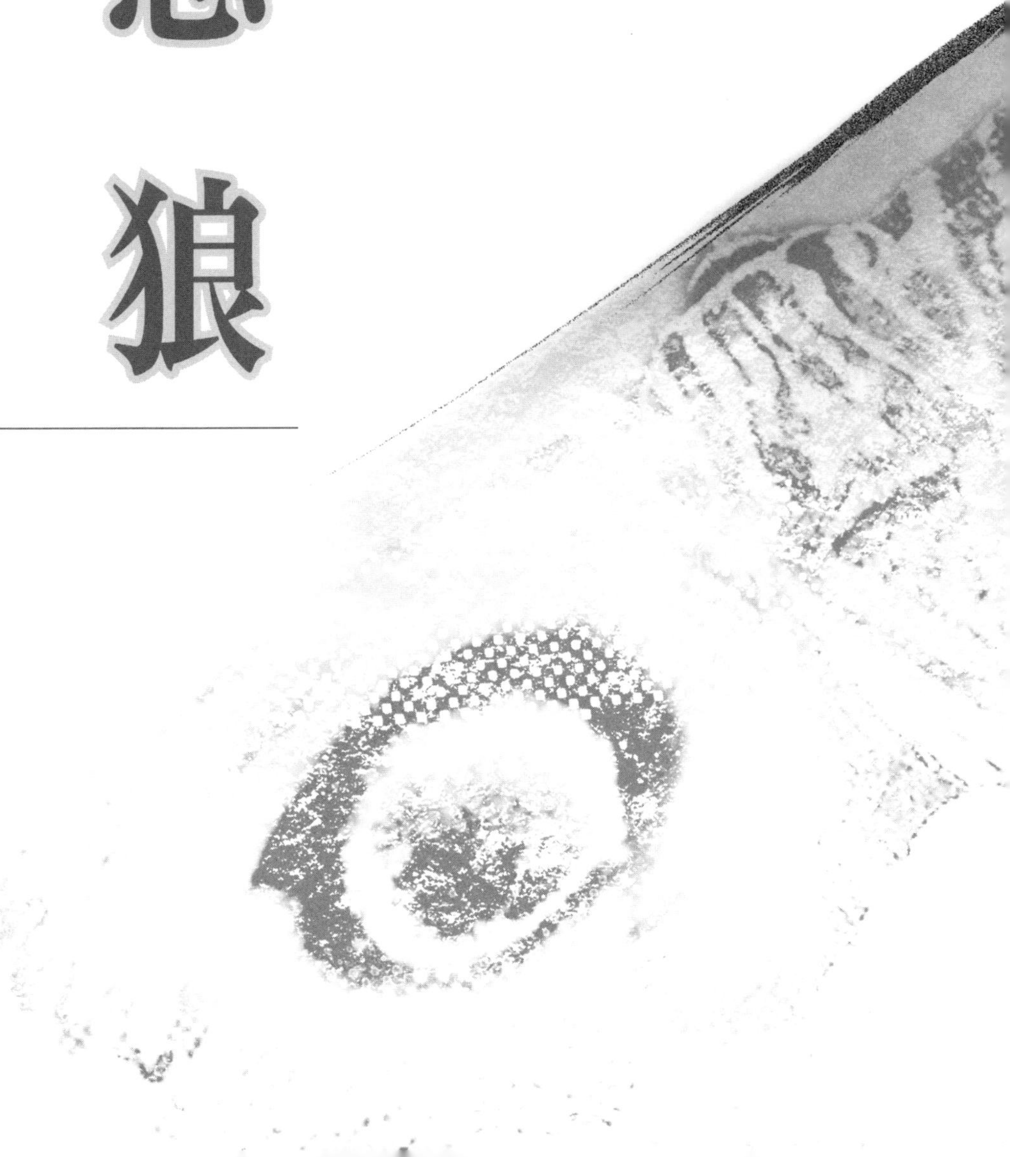

若干年前，楊家樓子只是個北方荒寒的小集鎮，一條彎曲的小街，土僕僕、灰沉沉的，一溜子低簷矮屋，沒有哪一家的簷口不打人頭的。

據說在更早的時日裡，楊家樓子只是荒路邊一處供人打尖歇腳的小野舖。那時刻，世道不平靖，四鄉鬧匪亂鬧得很兇，各地的鏢行鏢局，生意興隆，楊家樓子地點雖很荒涼，但恰巧是在走鏢的路上，歇腳的人多，便自然而然的興盛起來。再後來，官府裡另開一條新的官道，路途近便，又很安全，這個初興的小集鎮，便又冷落下來了。

正因當年它熱鬧過，有很多拖鬍子的老年人，眼看他們自己的鎮街冷寂的光景，就會不由自主的晦嘆出聲來，兩眼迷茫，一顆心悠然回到往昔的傳說世界裡去。楊家樓最早熱鬧的光景，凡是活著的人，都沒曾親眼看見過，若有，充其量是聽更上一輩子的人傳講的而已。

傳說總是豐繁、鮮活，而又誇張的；有人說，當年的楊家樓子，雖是荒寒小鎮，可是，有許多江湖道上出名的人物，在這兒打過尖，歇過馬。鎮梢頭的一座黃土平崗，一面是植著古松的斜坡，一面是高可十丈的斷崖，那兒曾是江洋巨盜馬老咬授首的地方。

在楊家樓衍傳下來的所有傳說裡面，巨盜馬老咬的一生故事，是最完整，又最富傳奇色彩的一個；楊家樓子的住戶，每遇上外鄉來的過路客，就會在三言兩語之間，話頭兒一斜，扯到這個故事上頭去。

童年時期，我坐了長工老喬推的手車走親戚，先後經過楊家樓子四趟，聽馬老咬的故事，前後也就聽了四遍。頭一回，歇在楊家樓子本舖用晌午飯，吃的是紅辣椒燒活鯉魚，和楊家老舖聞名的吊爐大餅，因爲時間不多，舖裡的小夥計講給旁人聽的馬老咬，我只斷續聽得幾句。說馬老咬是個獨來獨往的大盜，他的家就住在楊家樓子本鎮，和楊家老舖僅止一牆之隔。馬老咬練得一身好功夫，可惜生性兇殘，又好漁色，最後被官裡請出的俠客程登雲，和另一批高手，圍在街梢的十丈崖，馬老咬敵不過程登雲，攀到坡頂最高處的古松頂上去藏匿著，希望躲過這一劫，但還是被程登雲發現了。

程登雲的武技略強過馬老咬，但輕功不及他，早先有幾回，已經把馬老咬窩住，卻仍讓他兔脫掉了。這一回，程登雲早有準備，埋伏了一批弓箭手在十丈崖四面，用強弓硬弩對付他，馬老咬在松樹頂上存身不住，只好躍下十丈崖，半空中被程登雲一箭射中右股，便跌死在懸崖底下了。

小夥計講的故事很不完整，很多描述也頭一句尾一句的，顯得粗浮，但這個故事，卻深深引動了我好奇的興致。從親戚家回程，又經過楊家樓子，長工老喬有個堂房妹子，也嫁在那個鎮上，老喬帶了一包紅棗和幾斤掛麵送她，她留我們在樹蔭下吃晌午。這回，是我先提起馬老咬來的，我問她馬老咬的家世，她說：

「聽人講，馬老咬他爹倒是老實人，在楊家老舖隔壁開間雜物舖子，賣些雨傘、燈草、草蒲鞋、麻車襻之類的雜物。他確是楊家樓人，從沒走過江湖，真想不到，他竟會生出馬老咬那麼個浪蕩兒子。」

「馬老咬，這名字真怪氣。」我說：「旁的什麼不好叫，偏要叫他老咬?!」

「嗨，這當然有它的道理在啊！」老喬的堂妹說：「馬老咬在他媽懷著他的時刻，就跟旁人懷胎不同，一般人是十月臨盆，而馬老咬卻在他媽肚裡多賴了三個月。他一出世，嘴裡就長出四粒門齒，見著什麼咬什麼，旁人說他落地長門牙，分明是個妖物，慫恿他爹把他埋掉，可是，馬老頭是個軟心腸的爛老好，年近半百才得子，怎麼捨得把活生生的孩子埋掉?他對鄰舍說：

『古人說得好：虎毒不食子。我看過這孩子的門齒，並不是見風就長的那一種，哪會是什麼妖物，只是他在他媽肚裡多留三個月，奶水吃得足，門牙長得快罷了！諸位用不著擔憂，爲了平息怪氣，我請個相命先生，來替他算命看相好了。』

相命先生請進宅，把孩子摸了骨，看了相，算過生辰八字，然後搖頭說：

『這孩子雖不是噬人的妖物，究竟有股邪性在，留著終久非福，因他命中有奇有幻，也犯凶犯剋，馬老爹既疼愛他，我就替他取個名字壓壓吧，——日後管他叫馬老咬好了！』

……馬老咬這個名字，就是這麼來的！」

奇怪吧？一個懷胎十三個月才生下的孩子，落地就長出四個門牙，見著什麼咬什麼，相命先生扳看他的牙齒，替他取了這麼個怪名兒?!……我正咬著下唇，爲這個荒誕的傳說癡迷時，老喬的堂妹又跟著說了好些有關馬老咬的事情。她一口咬定，說馬老咬他媽是被馬老咬咬死掉的，——馬老咬帶著門牙吃奶，死咬他媽的乳頭，乳頭被咬破了，變成乳瘡，她死時，乳頭四周都發爛，流出腥臭的黑水。

過了晌午，老喬又要推車上路了，我賴著不肯走，非要聽完馬老咬的故事不可，老喬說是不能聽，馬老咬的故事太長，聽完了那故事，回家就得趕夜路，黑漆漆的路，好多野墳頭，萬一遇著妖物，吃了人，連骨頭都嚼成渣子，那多難受?!要聽，明年再來。我沒辦法，只好依著他，而把這個故事留在心裡。

二年長夏，又過楊家樓子，街頭有個瞎子，爲了馬老咬的傳說，跟一個有眼的抬槓，瞎子說：

「老實講吧，大俠程登雲跟馬老咬是同門的師兄弟，程登雲跟他師父前後十六年，盡得他師父百里飛的真傳絕藝，哪有輕功不如他師弟馬老咬的道理？你們都是以訛傳訛，把事實給弄左了。……不信，你去問石磨坊的石老爹去，我這瞎子，眼瞎心不瞎，這點彎兒，自問還能繞得過來的。」

「遇著你這個槓子頭，我有什麼辦法呢？」有眼的那個不服氣的說：「你硬要抬槓，我就跟你抬到底好了！我先問問你，程登雲被本縣的捕頭央請出來，捉拏犯下巨案的馬老咬，前後捉拏過幾回？」

「哼，這還用問嗎？只怕連把抓大的孩子都曉得，前後一共三回；一回在縣城西角的慈雲寶塔上，一回是在醉月樓妓院，最後逼得馬老咬在城裡蹲不住了，這才跑回楊家樓子，被圍在十丈崖，中箭跳崖跌死的。」

「我就怕你不曉得。」有眼的那個說：「你硬說程登雲的輕功比馬老咬毫不遜色，那爲什麼前兩回抓他沒抓著，被他跑掉的呢?!」

「你這算是只知其一，不知其二。」瞎子說：「你總該聽說馬老咬腰裡拴著的護身寶物，——一隻活玉猴吧?其實，論起輕功來，他們師兄弟兩個，一個是半斤，一個是八兩，根本差不多，不過，若說硬跳七層高的慈雲塔，六層高的醉月樓頂，兩人可都辦不到，他們不錯都是練武的，但究竟不是神仙，真能跨鶴乘雲。前兩回，馬老咬真能打慈雲塔頂、醉月樓脊跳下來遁走，全是靠那隻玉猴替他護身。但他每跳一回，那玉猴便瞎掉一隻眼，第三回，他打松樹尖上跳那十丈崖，他身佩的玉猴業已兩眼全瞎，護不了他了，所以，他才會在十丈崖下摔死。」

「玉猴護身的事，我倒聽人說過，」有眼的那個說：「但我總覺存疑，我不敢相信一隻小小的玉猴真會有那麼靈，也許這都是旁人牽強附會，硬添上去的。」

瞎子雖然沒有眼，但照樣翻起眼眶子，做出看人的樣子來說：

「說了你又不信，那有什麼辦法？……那隻玉猴，是大有來歷的東西，說是當年他師父百里飛遊歷河南，到了一處地方，遇著江南來的一個地理先生，叫朱神眼的，百里飛問他為何在那兒流連，朱神眼說是這兒地上有寶光外露，他找了好久，才發覺寶是有寶，但他卻無福取寶。百里飛好奇，追著詰究，朱神眼才說出這寶物是有主的，寶光發自一座大墳裡，他說：

『這座墳，我查過了，它是明代藏寶家趙一鶴的墳塚。趙一鶴一生如鶴，遊蹤極廣，愛歷山野林泉，他對玉器收藏有著特殊癖好，所玩的玉器，有好些是通靈的活玉，其中尤獨是一隻玉猴兒最為珍貴。我想，趙一鶴死後，陪葬的寶物，極可能就是這塊玉猴兒了。』

『這玉猴兒有什麼特別的好處呢？』百里飛這樣追詰下去說。

『啊！』朱神眼說：『說起來，那就太神奇了。這塊玉原是一塊產自藍田的老漢玉，鏤成一塊雲頭玉牌的形狀，但玉質極好，對著太陽看，透明透亮的，其中有一個水影兒，極像一隻猴，所以就被人稱作玉猴兒了。依我所知，這塊玉在落到趙一鶴手上之前，曾被人終身貼肉佩帶著，那人死後，啣在嘴裡作為陪葬的。玉裡猴子原來並不通靈，但牠日夜吮吸了人身的汗氣，逐漸靈通，變成一隻活猴了。一般人用玉器陪葬，多在死人吐最後一口氣時，把玉塞進人嘴裡去，臨終一口氣，吐出的就是一條命，那活猴吸了這氣，便有一條命在身上，如今，牠兩次進棺入土當陪葬之物，那牠就有兩條命在身上，這就是說：誰能得著這塊玉佩在身上，它就有神奇的護身的用處，等於一個人有三條命，這還不夠神奇嗎？』

『原來一塊玉猴兒還有這等的妙用，無怪乎它是個稀世的寶物了！』百里飛衷心發出讚歎來說：『用這樣的無價之寶當陪葬，這趙一鶴就太癡太俗了，旁人若是曉得這塊玉的好處，暗地裡準會爭著盜墓取寶，那不是使得這位藏寶家暴屍露骸嗎？』

朱神眼聽了這話，搖頭說：

『弄錯了！你沒想想，玉猴兒既能護人，就能護墓。這塊玉，除非遇上山崩、地裂、洪水之類的大災變，自然出世，誰夢想盜取它，那人不但不會得好處，反而有橫禍臨身。』

百里飛聽了這些話，默默的點了點頭，沒有再說什麼。偏巧那年黃河鬧大汎，一場滾滾滔滔的洪水，直沖趙一鶴的墓地，百里飛機緣巧遇，得著了這隻活玉猴。他自己行得端，坐得正，根本沒用過這隻活玉猴，但他早看出馬老咬犯凶帶煞，臨終時，特意把這玉猴傳給他。所以我說，馬老咬前兩次能從程登雲手上逃脫，全靠寶物救了他的性命，不信你去問石磨坊的石老爹，看我說的話，有錯沒錯?!」

他們兩人抬大槓，我卻又深入了那個故事了，那次回程時，老喬也迷上了馬老咬的故事啦，我並沒央他留下，他卻自願留在楊家樓子的客棧裡住一宿，吃了晚飯，又帶我到石磨坊去看望石老爹，央他把馬老咬的種種傳說，從頭到尾，仔仔細細的講了一遍。

故事是這樣的。

馬老咬的出生

馬老咬是在楊家樓老舖隔壁，馬老漢雜物舖裡出世的，他娘懷他十三個月，他落地就已長了四粒門齒，見什麼咬什麼，這一點，一般傳說都是同樣的說法，完全沒有錯。至於馬老咬這個名字，也確是道士替他取的，他吮乳時，咬壞了他娘的奶頭，使他娘生乳瘡，流黑血過世，這都是靠得住的事。

馬老咬出生時，曾經使楊家樓子轟動過一陣，不過，他既不是見風就長的妖怪，人們對於這事，經過一段日子之後，也就逐漸淡忘了。

轉眼之間，馬老咬就長到十一二歲年紀了。他爹馬老漢年紀老邁，行動起來，手腳都有些不太方便，這孩子很機靈，但並沒開蒙進塾，白天多半是幫他爹照管那間雜物舖子，夜晚來時，他喜歡溜到楊家樓來，聽那些南來北往，在舖裡歇宿的客人們聊天說故事。

那時候，正是清廷利用黃天霸鏟除黑道人物的當口，八蠟廟擒賊，京裡御賜黃馬褂，各地都認爲黃天霸真的成了南天一霸，比當年他老子金刀黃三泰擒服竇爾墩時，更要威風得多。

對於坐鎮長淮的黃天霸，民間一般人都認爲他止直略帶霸氣，翦除黑道人物雖無可厚非，但論起手段來，未免太辣了一點。

也有些人不以爲然，他們認爲，以黃三泰父子的身手功夫，不該貪圖那份功名，爲滿人所用，做清廷鷹犬，尤獨是黃天霸，以清除盜寇爲名，濫捕各地黑道人物，根本就是要消除民間抗清志士，用心極爲卑鄙。

人們閒聊著，小小子馬老咬，總蹲在一邊凝神傾聽著。他就是在那年的春天，遇上他師父百里飛的。

奇人百里飛

想要曉得馬老咬的崛起，必得要從他師父百里飛說起。據說百里飛當年跟三盜九龍杯的楊香武頗有交情，他的輕功藝業，更在楊香武之上多多，不過，這只是江湖上的傳聞，沒有誰真的見識過這麼個人物。等到黃天霸創業有了根基，差出很多人明查暗訪他，若不是想收歸己用，就是要翦除掉他。

楊家樓子的老客棧後院，有個生病的瘦老頭兒住著。一年多之前的夏天，他拖著一條細長的花白小辮子，肩上揹著老藍布的包袱，說是打這兒路過，到南方去探訪一個親戚，但他來到楊家樓子，一病就病倒了。他鬧心疼加上胃氣疼的毛病，走路總是佝著腰，皺著眉，把手捂在胸口上。

最先，他還有些散碎銀兩用來看病付房錢，慢慢的，他的一點盤纏都花光了，人仍病懨懨的不能上路，虧得楊家樓客棧的老主人楊老爹很寬厚，不要他的房飯錢，仍讓他留在客棧裡養病。

鎮上人弄不清那老頭兒的出身來歷，只知道他是北地來的，姓秦，便都管他叫做老秦。

老秦在楊家樓客棧住久了，也覺心裡不安，便跟楊老爹央求，把棧房退掉，換住到後院的柴房裡去。那時，民間流行抽鴉片，客棧裡設有煙榻，老秦身子弱，做不動重活，只能替煙客們熬熬煙膏子，端端茶水，傍晚時，替後院拔拔草，蓋蓋醬缸蓋子什麼的。

客棧的後院，恰巧和馬老咬家的後院相鄰，土牆年久失修，崩了個缺口，馬老咬常常會探頭在牆缺處看呆，時間久了，便認識了老秦，並跟他廝混得很熟悉了。

那時刻，各地正盛傳著黃天霸差人尋找奇人百里飛的事情，馬老咬便把他從茶館聽來的故事，一五一十的說給老秦聽。老秦聽了，搖頭苦笑說：

「小娃兒家，甭儘伸著耳朵聽這些，江湖上的事，聽起來好像很有味道，一旦身在江湖，處處為家不是家，那滋味可就苦透了。」

「秦老爹，您聽過百里飛沒有呢？」馬老咬歪頭著問說。

老秦仍然搖著頭，一臉寂寞的神情：「我這麼一大把年紀，耳也聾了，眼也花了！哪還有精神聽這些，管他百里飛也好，千里飛也好，都跟我沒有相干啦。」

不管老秦是什麼樣的看法，外面傳聞可愈來愈多了；說是黃天霸聽聞百里飛業已從北方南來，便差出一個出名的高手叫快馬李三的，帶著一批人，到處查訪百里飛的蹤跡。快馬李三這個人，在長淮一帶地方，真是大有名頭，傳說他有一匹出色的好馬，日行一千，夜行八百，奔馳起來像飛的一樣。又有人說，快馬李三就要到楊家樓子來了。

有天晚上，月亮在輕霧裡剛剛露頭，有個模樣很端正的年輕人，騎著一匹黑馬，趕到楊家樓子來。那人在客棧門口的榆錢樹上拴住牲口，正好遇著馬老咬在樹下玩陀螺，那人便走過來，手撫著馬老咬的肩膀，溫和的問說：

「對不住，小兄弟，我跟你打聽一個人好嗎？」

「你要打聽誰？」馬老咬說：「在楊家樓子的人，不管是誰，我都認得的。」

「我要打聽的人，可不是楊家樓子的住戶，」那個年輕人說：「只是一個過路的瘦老頭兒，一頭花白的頭髮，腦後拖著一條細長的小辮子。」

經他這麼一形容，馬老咬心裡一動說：

「那老頭兒是不是姓秦？人都管他叫老秦？……你要找老秦，那可就找對了人了。他一年多之前，就在這兒過路，誰知一病病了下來，如今住在客棧後院的柴房裡，你要是去看他，我替你引路好了！」

「那倒用不著，」年輕人說：「你玩你的陀螺，我自己去找他好了。」

年輕人走後，馬老咬不玩陀螺了，他在想著，老秦一直是個孤單的老頭子，怎會突然有人來看他呢？這個年輕漢子，也許就是他要找的親戚吧？……假如真有親戚來找他，一定很快就會把他接走了，平常倒不覺著，想到秦老爹就要走，忽然有些依依的感觸，於是，他跑回後院去，攀著牆缺，想看看那年輕人究竟是不是來接老秦走的？

他伸頭悄悄看過去，月光乳朦朦的照著，老秦坐在一截木段上，分開兩腿，慢吞吞的叭著煙，兩眼看在鞋尖上，彷彿在想著什麼的樣子。

那個年輕漢子垂手立正，畢恭畢敬的站在一邊。這樣沉默了好一會兒，那個年輕的漢子鬱勃的說：

「師父，姓黃的那廝，愈來愈橫暴，早年行事多少還兼顧些情理，如今一意孤行，把他原是漢族人都給忘記了！……早兩年，徒弟就勸您老人家出面，您卻一直推托，如今他羽翼已成，您就是躲著也不成，您沒聽說，他差出快馬李三到處找您呢！」

「唉，年輕人麼，你就是火氣盛。」老秦聲音悶悶的，顯得有些溫吞：「俗說，天生一物降一物，惡人自有惡人降，憑他的所作所為，物極必反，咱們不出面，不久必有人出來整他的，你何必那麼著急呢？」

「我看不能再等了，師父。」年輕人說：「對方業已順著您南來的路線，逐站逐站的密查，您老是躲在楊家樓子，還能躲幾時呢？」

「你甭為我操心，」老秦說：「我自有我的法子。話又說回來，即使李三找到我，又能把我怎樣呢？」

年輕人緩緩移動著腳尖，凝視一地的月光說：「當然，甭說姓李的，即使他們全來，也不能奈何得了您，不過是替您添麻煩就是了，您想想看，到了那種時刻，您還能不出手傷人嗎？」

「唉，人生總有個定數。」老秦噓口氣說：「我決意等事情到臨頭再講，你替我先回去吧，等到我有事要找你，我會去找你的。」

年輕人一臉為難的樣子，遲疑了好一會兒，這才無可奈何的說：

「既然您執意如此，徒弟只好先告別了。」

「好，」老秦揮揮手說：「你就去吧！他們要找的是我，在我出面之前，他們也不敢爲難你的。」

老秦站起身送人，馬老咬悄悄的把頭縮回去了。

打這回之後，乾瘦的老秦在馬老咬的心眼裡，就變得神秘起來，他總在猜想，這個老秦究竟是個什麼樣的人物呢？看樣子，他不是沒有地方去，而是要存心躲在這兒，……那天那個年輕人自稱是他的徒弟，他又是誰呢？他還隱約的記起那天夜晚他們所談的話，但他總是朦朦朧朧的不敢認定老秦就是百里飛。說真箇兒的，馬老咬心眼裡的俠士，都是勇武壯健的，哪像老秦那樣，一副皮包骨頭，看上去又老又可憐。老秦的臉，皺皺黃黃的，形容枯槁，他又總愛穿著一件寬大褪色的青布袍子，走路晃盪發飄，彷彿是紙紮的，這樣的人，只消有人伸出一個手指頭，就能把他推倒，他哪兒會是百里飛呢?!

有天夜晚，馬老咬替他爹去街梢批發店去取燈草，他走出後門時，看見穿著寬大青布袍子的老秦，正在他前面約有二十來丈遠的地方，朝前走著。

這時刻，天頂上飄著大片浮雲，掩住了月亮，四野暗糊糊的，又起了一層薄薄的乳霧，使人看眼前的光景，也更暗了一層。

馬老咬看老秦走路的樣子，一步一步，並不很快，但他再怎樣快走，總是趕不上他，一會兒工夫，老秦便走出鎮梢，穿過一片荒塚堆，到了郊外了。

馬老咬原想追上老秦，問他夜晚要到哪兒去的，沒想到老秦會走得這樣快法，經過荒塚堆時，馬老咬竟然發現了一種從沒見過的駭人的情景，——那個老秦伸開雙臂，兩隻寬大的袍袖像老鷹翅膀似的平平伸開，他的整個身體彷彿都凌空而起，只有一雙腳偶爾點地，那業已不是走路，而是飛騰了。他越飛越快，越飛越快，風把他腦後的那支細長的辮子扯得直直的，辮梢在他腦袋後面飄飛著。

說來也只是一剎的光景，那老秦的影子便奔入夜暗，再也看不見了。

那年，馬老咬十一歲了，他雖沒開蒙入塾，但聽說書的說過太多奇人俠士的故事，遇上這種奇事，他被驚嚇得蹲在地上，兩腿發軟，久久站不起身來。他提著一大把燈草，摸黑回到家裡，一直癡癡的想著這宗事情。現如今，他不再懷疑了，暗暗認定這個老秦就是傳說裡的俠客百里飛了。

他也動過這念頭：假如老秦就是百里飛，看他人是那樣和善，我何不央求他收我做徒弟，教給我這種功夫呢？老秦如今已經走了，不知什麼時刻才能趕得回來？也許他去了就不再回到楊家樓子來了。他愈是這樣想，愈是睡不著，悄悄爬起身，不知不覺的，又走到牆缺口那兒去了。

他探頭一望，不望還好，一望又嚇了一大跳！月亮穿出雲層，朗照在客棧寬廣的院子裡，院子一角有一口大水缸，水缸裡裝滿了水，水面上搖漾著月亮碎銀般的影子，適才他明明親眼看見那老秦穿過荒塚堆飛走了的，怎麼老秦仍然留在院子裡呢？……那是老秦，不會錯的，這也是老秦，當然更不會錯的，難道世上還會有兩個老秦不成？馬老咬心裡暗暗納罕著。

如今，他看見這個老秦，用兩腳的腳尖站在缸緣，正在舉起他的手掌，掌心向下，平平緩緩的朝缸裡虛壓下去，他的手掌離水面足有四尺多，奇怪，缸裡的水經他懸空輕輕一壓，便從缸緣直漫出來；忽然間，老秦把手掌朝上一提，缸裡的水便激起一道上昇的水柱，被他掌心吸了起來，他這樣一起一落，水面便不停的跟著起落，撞擊缸口，澎湃有聲。

老秦這樣練了一會，又低下頭去，改用吐氣吸氣的方法，那缸裡的水仍然隨著他一呼一吸而起落不停。馬老咬究竟是個孩子，最先他覺得有些害怕，看著看著的，看到精彩的地方，便興致勃勃的把怕給忘掉了。

「秦老爹，您這是在幹什麼呀？」他隔牆出聲說。

他這一出聲，老秦便停手不練了，缸裡的水也逐漸平靜下來。馬老咬眨眼再看，缸是空缸。整個大院子裡，連半個人影全沒有，哪兒有什麼老秦來?!……馬老咬想不透這些，他是睜著兩眼看見老秦站在缸緣上練功的，怎麼自己一出聲，人立即就不見了呢？沒有人會躲得這樣快，除非那老秦不是人，是鬼物變的。……想到這兒，他又異常駭懼起來，一溜煙般的跑回房去，在床上躺下了。

二天早上，他膽子大了一些，又跑到牆缺口去窺望，正望著，背後有人捏了他一把，他扭頭一望，不是老秦是誰來，他兩眼笑得眯眯的，翹起花白鬍子說：

「老咬，你這娃兒敢情是中魔了，你不把心用在幫你爹照應店鋪上，反而鬼頭鬼腦的跑來這裡亂瞧不該瞧的……這對你非但沒好處，弄得不好，連命都會丟掉的。你說，你看見些什麼來著？」

「秦老爹，您就是百里飛吧？」馬老咬說。

「胡說八道，」老秦搖頭說：「我這個老棺材穰子，怎會是什麼百里飛。」

「騙人的，昨夜在街梢，我明明看見您在飛的。」馬老咬說著，一面也學著伸平雙臂，身體略略前傾的樣子，表示他真的看見過的。忽然他雙膝跌地，在老秦面前跪著央懇說：「秦老爹，您就收我做徒弟，跟您學功夫，可好？您要不答應，我就不起來了。」

「老咬，你這小傢伙不要耍賴，我實在不會什麼功夫。」老秦說：「也興是你看錯人了，你看的那人，模樣兒像我，但卻不是我，我若有你說的那種本事，我還會在這兒睡柴房，替人割草、掃地、熬煙膏子嗎？」

「甭再哄人了，」馬老咬說：「那天晚上，那個騎馬來的年輕漢子，——您的徒弟來看您，還是我告訴他的，他跟您說的話，我全聽著了。」

「噓——」老秦聽他這麼一說，便輕輕噓了一聲說：「白天裡，人多嘴雜，你若真想學點兒功夫，你就趕快起來，千萬甭把你見著聽著的，亂跟外人去講，今晚你到我的柴房來，我再跟你講，好不好？」

馬老咬哪還有不好的？當天晚上，他真的翻過牆缺口，到了老秦的柴房裡了。柴房壁洞裡，搖曳著一盞油燈發綠的燄舌，老秦垂目低眉，盤膝打坐在一堆麥草上，見馬老咬來了，只輕輕一擺手說：

「你坐下吧，老咬，你能看見你不該看見的，聽到你不該聽到的，足見你有這個緣法。我呢，再也用不著瞞你，我就是百里飛，那天你見著的那個年輕人，是我門下唯一的徒弟程登雲，你年紀太小，我不打算跟你多說什麼。你想跟我學些什麼呢？」

「凡是您會的，我都想學。」馬老咬說。

「唉，你的心也算太大了。」百里飛說：「我看過你的面相，總覺得你還是安穩幫著你爹看管這間雜物舖子就好，學這些，對你沒有好處。無拘哪樣功夫，都不是容易學的，總得多少年的時間，才能學得入門，你願意吃這個苦嗎？」

「我願意。」

老人聽了，深深的嘆了一口氣說：「這樣吧，你也不必拜師，我也不要收徒，你跟著我，只算暫時記名，等日後你長大了，我再傳授你規矩，能遵我的規矩，才算正式入我的門，這樣可好？」

「也行，」馬老咬說：「我只要學得功夫就好了！」

每有人提起馬老咬來，必得首先把他拜師的緣由弄清楚。他的命運正像百里飛所說的，學武反而把他給坑害了，假如他不用武術作依恃，犯了多宗巨案，他怎會慘死在十丈崖來?!……當然，這都是後話，不必說了。

百里飛一直都住在楊家樓子，過著他隱遁的日子。他總是趁著深夜無人時，悄悄的傳授馬老咬各種拳腳功夫。這樣，前後共有三年之久。這其間，傳說快馬李三業已查明他的蹤跡，曉得老秦就是百里飛，他自忖不敵，回去稟告黃天霸，由黃天霸轉請他父執輩的人物，到楊家樓子來軟請硬說，希望百里飛為清廷出力，被百里飛一口拒絕了。那幾個丟不起這個面子，決定約百里飛到十丈崖去，在崖左的那座廟裡，作最後的談判，他們要試試百里飛到底有什麼樣的大能耐，敢斷然回絕他們。

按照俗話說，就是劃出道兒來，擺擺譜給百里飛看看，百里飛明曉得對方的用意，卻並沒把它放在心上。據說黃天霸所請的四個人，都是武功極高的人，號稱江南四老，他認為足可以對付得了百里飛。

那天入夜時，山風習習，星稀月明。百里飛仍穿著那一領寬袍大袖的破舊青衫，手捏著小煙袋桿，趿著一雙破鞋，踢踢踏踏的跑去赴約去了。

這江南四老，是四個高矮胖瘦來分的，他們正在廟前一棵形貌清奇的古松下面等著百里飛。百里飛一到，高老便首先抱拳爲禮說：

「百里飛大俠肯賞臉赴約，我們四個都覺顏面有光。廟裡的和尙明晨有早課，怕咱們聊天忘情，耽擱久了，擾他們的清夢，只好選這棵松樹下面坐坐，烹茶待客吧。」

「老大，您忘了，這兒連石桌石凳都沒有，讓百里飛大俠怎麼坐呢？」矮的一個說。

「啊，矮老不說，我倒忘懷了！」高老轉朝瘦老說：「四兄弟，你想想辦法吧。」

「這很容易，」瘦老答應說：「我去搬幾塊石頭來，權當凳子吧。」

他輕鬆寫意的搬來五六塊石頭，每一塊都有六七百斤重。高老朝那些石塊看了看，眉毛一攏說：「石頭不是不能當凳子，只是石面不夠平，三兄弟，煩您把它削削平吧。」

胖老說：「好，這很容易。」

他說著，便緊緊腰緣，揎起衣袖，默默的運起功來，然後，他就用一雙手掌當成利斧，乒乓一頓猛削，把石面削得直冒火星兒，不一會功夫，那幾塊粗糙多稜的石頭，便變爲平整的石桌和石椅了。

胖瘦二老所顯的絕藝，若換旁人見著，一定臉露驚容，稱讚不已了，但百里飛見著彷彿沒見著一般，淡淡的一點頭，說了一聲謝字，便大模大樣坐了下去。四老嘴裡沒說心裡話：哼！老匹夫百里飛，你是揹著牌坊掛豬肉，——好大的架子，難道你的功夫，比咱們強到哪兒去嗎?!

百里飛落坐說：「多謝四位邀約老朽，不知有什麼高明見教?」

「咱們先不談那些俗事，」高老說：「讓咱們兄弟奉您一壺茶再說。」

說著，矮老起身，拎過一把大鐵壺，那壺異常的大，足可裝得百斤水，他拎著壺，走到松樹一側的溪裡取水，只用一個指頭挑著壺，回來放在石砌的野灶上。這倒不算稀奇，稀奇的是他取水時，站在水面上，連鞋幫兒都沒有溼印兒。

燒水用松木燒，胖老又顯出他那套以掌削石的功夫，橫掌砍倒鄰近一棵小松樹，把它砍成一段一段之後，再豎劈成柴火，燃火燒起茶來。

火光在五個人的臉上跳躍著，忽明忽暗的幻光，映出人的眼眉來。秋夜的山風細細的吹，林梢的針葉間，吐出陣陣吟嘯。百里飛也沒有說什麼，取出他的小煙袋，裝上一袋煙要吸，高老見了，急忙伸手到灶火裡去，捏起一大塊光燄四迸的紅火炭，替他把煙給點著，一面彷彿忘記了似的，把那紅火炭一直捏在手掌上，談笑自若，直到那炭火變成灰燼。

到這時爲止，高矮胖瘦四老，每人都露過一手了，他們心想，假如百里飛真有一套比他們更高明的絕藝，也該趁這機會露一露了，誰知百里飛一口一口，溫溫吞吞的叭著煙，彷彿根本沒有那回事一樣。

四老等得有些不耐煩，便和百里飛談起武術來。

「咱們都是練武的人，」高老不再轉彎抹角，直撲話題說：「拋開那些俗事不談，今夜難得跟百里飛大俠見面，咱們想請大俠略舒高見，咱們也好洗耳恭聽，我想，你該不至於使咱們失望吧？」

「呵，呵，呵！」百里飛大笑出聲說：「老朽這點兒雕蟲小技，不登大雅之堂，甭說高見沒有，連淺見都談不上。不過，論起武來，老巧覺得武術武技的強弱高低，倒不是頂要緊的事，武道武德可要緊得多了！……有些人空練得一付好身手，卻不能解道修德，或是認賊作父，或是凌壓善良，那就更可悲可嘆了。」

在他呵呵的笑聲裡，那四個老頭兒都脹紅臉孔，顯得很不自在起來。高老說：

「其實，您也甭指著和尚罵禿驢，我們四個，當年跟金刀黃三爺交情很厚，出來也不過是幫著查查案子，懲懲頑惡，……不管誰做朝廷，民間望治不望亂，奸宄匪盜，總要有人去除的。」

百里飛聽了，冷冷的點一點頭說：

「高老說的話，道理上不能說是站不住，我是伸著脖子，盼著你們那位少主子不要一心只望著功名，做過了火，那就不在您所說的理字上了。」

胖老加木柴，使灶火燒得很旺，時辰流過去，大鐵壺裡的水，業已發出細細的沸聲。

高老和胖老看著百里飛仍然穩坐不開腔，便把話題硬扯到武技上來，硬要百里飛亮兩套出來，讓他們增增見識，開開眼界。高老的武技在四老裡面，算是最具修爲的，他謙稱是「拋磚引玉」，站起身來，在地上撿了一截細松枝，把它向面前的石塊上直插進去；細松枝原是脆弱易斷之物，可是，經他一運氣，便堅逾精鋼，能透石而入，直貫那方石塊了。

高老這招兒一亮，連一旁站起來看著的矮老、胖老、瘦老，都老王賣大瓜，——替自己人喝起彩來了。

高老本人朝後退了一步，面不改色，氣不亂喘，朝百里飛抱拳一揖，謙中帶傲的說了一聲：「獻醜！獻醜！」

百里飛這才略略抬起眼皮，輕哦一聲說：

「不錯，練氣功練到這等程度，算是過得去了！雖沒登堂入室，總算跨進大門檻兒啦！」

他這樣不疼不癢的誇讚，誇之實爲貶之，把高老的鬍梢子氣得直抖，另外那三個的臉上，也露出憤然之色。其中脾氣暴躁的矮老，實在按捺不住了，吐話說：

「百里大俠認爲這世上練氣功夫，還有勝過咱們老大的嗎?!」

「豈止有，」百里飛笑說：「俗說，人外有人，天外有天，有功夫的人，只怕還多得很呢！老朽沒練過這等的功夫，只能依樣畫葫蘆，跟高老學學樣罷了！」

說著，他解下他腰間勒著的軟絛來，伸手抖了一抖，說也奇，那軟絛僅是一條絲打的繩子，柔軟異常，經他隨手這麼一抖，竟然筆直的變成一根棍子，他也朝那石塊上一送，那絛帶竟也直貫石身，從石背上冒了出來，百里飛捏著絛尾的指頭一鬆，絲絛兩頭落地，還是一條不折不扣的絲絛。

不用說，百里飛所露的這一手絕學，完全把江南四老給驚懾住了！試想以松枝貫石，松枝究竟還是硬物，好凝氣聚力，但腰絛原是極軟的東西，一抖手之間，使它變成硬物，已經令人叫絕，再用這種軟絲去貫石，那簡直是匪夷所思的事兒，甭說從沒見識，連聽也從沒聽人說過。經過百里飛略一出手，四個人心裡都有了底，——若論過招，哪怕是四打一，也不是百里飛的敵手。

這時刻，大鐵壺的水業已騰沸了，高老抓一把茶葉投進去，烹了片刻，想請百里飛飲茶，但卻沒有杯子，百里飛曉得高老這是有意難他，連忙答說：

「不要緊，老朽是個粗野不文的鄉巴佬，就用嘴對嘴喝也成！」

一面說著，一面伸出兩指捏住大鐵壺的把子，把它從火上拎下來，鐵壺裡的水剛剛離火，還在滾沸著，百里飛居然把壺嘴塞進自己的嘴裡，咕嚕咕嚕，像喝涼茶似的，一口氣喝了大半壺，這才拎下壺來，使袍袖抹一抹壺嘴兒上的口涎，順手遞過去說：

「老朽口渴，喝多了一點，四位不嫌老朽的嘴臭，也都多少喝上幾口，壓壓渴吧！」

江南四老全都嚇得大驚失色，那種剛離火的滾水，硬喝到肚裡去，不是能把唇舌都燙熟了嗎？他們一個個搶著搖手說是不渴，齊聲向百里飛告罪，狼狽遁走了。……那之後，黃天霸的黨羽就沒有再到楊家樓子來過，而百里飛技驚江南四老的事，終於沸沸揚揚的傳了開來。

據說當天夜晚，廟裡有個小和尙，匿在廟門後面偷聽偷看，這消息就是打他那兒傳出來的。

消息若是不走漏，化名老秦的百里飛，也許就會隱姓埋名，在楊家樓子終老了，正因這消息一走漏，人人都曉得俠士百里飛就是住在楊家樓子的老秦，他便不願再在那兒待下去了。

百里飛臨走時，馬老咬業已跟他學藝三年了。他師父把學武的規矩和戒條，都告訴了他，他也燒香立誓，說是永不犯師門的規矩，百里飛才讓他行了拜師禮，使他成爲百里飛正式收錄的第二個徒弟。

從那時，百里飛便離開了楊家樓子，沒有誰知道他的去向了；有人說他準是隱遁到深山裡去了，有人說他可能到荒寒的邊塞去了。這不過都是好事者憑空臆測之詞，究竟他去了哪裡？恐怕只有他自己知道了。

這之後不久，炙手可熱的黃天霸，因爲迫害抗清的民族志士手段過激，果然如百里飛所預料的被人殺死，割了人頭，高懸在旗桿頭上。說衙門裡指出的殺人者，根本是莫須有的替罪羔羊，因爲黃案震動京師，非破案不可，黃的黨羽不得不找出人來，羅織罪名好結掉這個案子。不過，長淮一帶的民間傳言，都認爲這事雖不是大俠百里飛親手幹的，多多少少總和他有些神秘的關聯。

快馬李三的崛起

當黃天霸聲勢鼎盛時，快馬李三還只是個府中捕頭而已，黃某斷首後，黨羽星散，李三憑著真本事，硬功夫，逐漸嶄露頭角，積功升至副將，統領長淮兵勇，有關疑難的案子，只要他親自出馬，沒有不破的。

快馬李三雖然是春風得意，但他心窩裏總懷著一股隱憂；最使他放心不下的，就是前輩奇人百里飛，雖然隱遁江湖，不知所終了，但他留下的兩個徒弟，一個是住在清澗的程登雲，一個是住在楊家樓子的馬老咬，這兩個人的身手功夫，都使他提心吊膽。

當然，快馬李三並沒會過百里飛，也從沒跟程登雲和馬老咬動手過過招，不過俗說：名師出高徒，這可是錯不到哪兒去的。當年百里飛在十丈崖夜顯奇技，驚退江南四老的傳聞，使快馬李三自覺自己差得太遠，至於百里飛這兩個徒弟，不要說學百里飛學得多，就學著個三成，也足夠威脅自己了。

在這兩個人當中，快馬李三對程登雲的憚忌還少些，因為程家在清澗是大族大戶，程登雲本人又正直穩重，只要不過分逼迫他，他就有抗拒之心，也有所顧忌。但，馬老咬可就完全不同了。

馬老咬他爹死後，他只是光身一個人，那當口，馬老咬剛剛二十出頭，血氣方剛，馬老咬這個人的心性，帶著一股不上路的邪性，有時粗暴急躁，有時陰冷深沉，令人捉摸不定，不知他究竟會幹出什麼樣的事來。同時，他耳聞近幾年裡，馬老咬因為師父不在，逐漸放肆，觸犯了門規戒律，程登雲勸阻不聽，師兄弟因此反目成仇。長淮是自己的轄地，不出巨案便罷，出了巨案，自己勢難袖手，這也就是說：假如犯案的是馬老咬，他不來找麻煩，自己也非找上他的麻煩不可。

快馬李三想來想去，只有親自騎馬下清澗去，投帖拜訪馬老咬的師兄程登雲。表明這種心跡，等於未雨綢繆打了關照，特別說及日後有一天，馬老咬若是鬧出大案子來，自己勢必要為官府執法的難處。

程登雲當時就很坦率的說：

「副將大人，我是率直性子，說話不怕開罪您。滿族朝廷想讓我姓程的出任何力，幹任何事，那都是做夢，唯獨關乎我這師弟馬老咬的事，即使您不來找我，我也不能袖手。他如今雖還沒鬧出滔天的罪案，但他業已犯財犯色，壞了師門的規矩了。正因師父不在，我這做師兄的難以卸責，到時候，你們儘管執法，我絕不會爲了同門私誼，出面阻撓的。王法總是王法，說穿了，也就是一個『理』字，不是嗎？」

「程大俠看得透達，我算是敬服無已。」快馬李三起身一揖，謝說：「有您這一言，日後辦起案子來，我就少了一份牽掛了！我雖然在武林中混跡多年，薄有一點兒名聲，但自知功夫淺薄，也許辦不了馬老咬，到那時，少不得還望程大俠伸伸援手呢。」

程登雲笑裡帶著一份不忍的淒遲味道，終於點點頭，輕吁出一口氣來說：

「我不是說過嗎？人生在世，理法爲先，若真論起同門私誼來，我程登雲又何忍同門相殘，親自出手？……想當年，我去楊家樓子尋找師父，還是馬老咬引的路，那時候，他還只是個孩子罷了！」

「嗯，人生的變幻，也真太大了！」快馬李三也有些感慨起來。

「事實是如此。」程登雲朝空裏矚望著說：「師父當初收錄馬老咬爲徒，注重的是和他有一段緣法，師父確是隨了緣了，至於後來的變化，誰能料得到呢？……日後，他若犯了死戒，我想，還是得由李大人您先出面，依公法辦理，實在有了難處，找到我，我願助一臂之力，總要兼顧公私，使它有個合理的了斷就是了！」

「好！」快馬李三說：「我自會按照程大俠的意思辦的，這就匆匆告辭了。」

快馬李三不訪問程登雲，馬老咬即使出事，也不會那麼快，他這一拜訪程登雲，消息傳至楊家樓子的馬老咬的耳朵裡，使馬老咬覺得極不受用。

馬老咬自從跟百里飛學藝，確實下過一番常人難以做得到的苦功，出道之後，也會過很多南北高手，從來沒有落敗，俗說：山中無老虎，猴王充大王。他究竟年輕識淺，便有了一股子了不得的傲氣，自以爲除了師父百里飛，他在長淮一帶，業已沒有敵手了。

若說馬老咬學壞，就坑在這股子目無餘子的傲氣上，真是一點也不爲過。人生便是這樣；驕不得，傲不得，兇不得，橫不得，而驕傲兇橫四個字，是筋骨相連的，無論是誰，只要犯了其中一個字，便會逐漸浸染，整個走到邪路上去。馬老咬沒有師父的約束，更沒把師兄程登雲放在眼裡，對於新崛起的快馬李三之流的官府人物，又恆嗤之以鼻，這樣，便使他成爲一匹沒加絡頭的野馬，幹起事來，隨心所欲，不知收斂了。

人生有許多魔障，像女色、錢財、貪嗔、仇恨……都得要以如履薄冰的心情，兢兢業業，自檢自肅，咬牙克復的，馬老咬一到肆無忌憚的程度，還有不江河日下的嗎？早在快馬李三拜訪程登雲之前，馬老咬就已犯了些不輕不重的案子了。這一回，聞說快馬李三去拜訪程登雲，有意捉拏他，他發惱火起來，咬牙發狠說：

「好吧，我馬老咬偏要犯個大案，讓快馬李三忙乎忙乎，他若辦得成，他命該升官晉級，辦不成，他就戴不穩他的烏紗帽了！」

就在快馬李三拜訪程登雲之後不久，馬老咬果真犯下一宗巨案了；他在漕河裡夜劫官船，姦殺了官眷。逼得快馬李三非親自出面，到楊家樓子捉拿他不可。

快馬李三雖然曉得馬老咬不是好惹的人物，但他自己也是心高氣傲的人，不願調動大隊官兵去圍捕他。在這之前，他沒跟馬老咬交過手、碰過面，他總相信，以他的單刀和快馬，足可單獨制服這個兇徒。再說，馬老咬據傳是以輕功見長，自己若多帶官兵捕快下去，除了打草驚蛇幫倒忙之外，實在沒有用處；萬一捉不著犯人，反而讓江湖道上的朋友恥笑，他快馬李三是成名的人物，決不能幹這種被人當成笑柄的事。

這一回離衙去辦案，快馬李三穿著便裝，戴著寬邊的大竹笠，把換身衣褲和應用的物品，打成一隻藍布包袱，斜掛在馬鞍上。除了他本人，他只帶了一個騎馬的僕從，好替他照應馬匹。那時是楊柳飛花，薰風初起的夏季，兩個人，兩匹馬離了縣城，一路撲奔楊家樓子來了。

半路打尖時，主僕兩人閒話，那僕從說：

「老爺，您是過五望六的人啦，多年沒曾出來辦過案子，我總覺得這一回，應該多帶兵馬下來圍捕他，免得您擔太大的風險；據我所知，馬老咬可不是一盞省油燈，手到擒來就能擒得住的啊！」

「我說，老孫，你不必替我操這個心。」快馬李三捻著已現花白的鬍子，氣定神閒，顯出很篤定的樣子說：「想當年捉拿他師父百里飛，我還不是匹馬單刀到處奔波了？馬老咬再強，也只是後生小輩，我並沒把他放在眼裡；我去拜訪他師兄程登雲，不過是客氣客氣，哪會真的要他出來幫忙來著?!」

「老爺今兒真是發了豪興了！」僕從老孫笑說：「但則您甭忘記，歲月不饒人，……您自打進了副將衙門，也有好一段日子，沒像當年那樣打熬筋骨，勤練功夫了。當年您以快馬聞名，那匹快馬呢？——如今這一匹，業已是牠的第三代馬了，人不服老，總是不成啊！」

「你真是越說越笑話了！」快馬李三說：「小小一個馬老咬，我再制不住他，我在長淮一帶幾十年算是白混了！我這回就是豁掉老命，也要把他拏了交案的。」

說是這麼說，但快馬李三心裡壓著的那一塊沉甸甸的石頭，始終不能落地。當年江南四老被百里飛的奇技驚退，使自己暗稱僥倖；因爲江南四老的功夫，要比自己強得多，那四個人還沒能跟百里飛動手過招，就已經甘敗下風，鼠竄而遁了；自己當時若真找到了百里飛，豈不是要栽更大的筋斗？……當年百里飛是聞名的大俠，自己只是一個捕頭，栽在百里飛手上，一點兒也不丟人；如今自己出面捕捉馬老咬，光景可就大不相同了。自己如今是獨當一面的副將，算是各方矚目的人物頭兒，一旦垮在馬老咬這個後生小輩的手上，日後哪兒還有臉再混下去？馬老咬拜百里飛爲師，從他習藝多年，人說：名師出高徒，強將手下無弱兵。他即使只學得百里飛的三成技藝，也就夠瞧的了！自己沒和馬老咬交過手，究竟有沒有勝他的把握，總不敢說；這回去楊家樓子，他不願帶大隊人馬去的原因也就在這兒。他是想單獨的向對方作一次試探，馬老咬若是真有一套，他便不急於動手，轉央程登雲出頭；對方若是沒有出色的武技，自己便亮刀擒住他，傳出去，可使自己的顏面光采。

按俗話說：這是兩頭蛇的做法，或進或退，可進可退，完全在於臨時見機行事。當然，這意思只放在快馬李三自己的心裡，就連對跟隨他多年的僕從老孫，他也不願吐露出來。

這天黃昏時分，他到了楊家樓子，在楊家樓本舖繫馬歇息，叫了酒菜用晚飯時，他把小夥計叫住，低聲跟那半椿小子說：

「夥計，你認不認得我是誰？」

那小夥計朝他仔細望了半晌，點頭說：

「您老人家，就該是副將大人了！小的剛剛跟您牽馬進槽，就是這麼想的。」

「奇怪了？」快馬李三皺起眉毛來說：「你待在鄉角落裡，沒生千里眼，沒長順風耳，怎會曉得我會親自下來辦案子？」

「老爺，您有所不知，」那小夥計說：「漕河劫官船的案子，馬老咬並沒隱瞞，他回楊家樓子之後，逢人就說案子是他幹的，他到舖裡來，對店夥說了好些話，許多污辱老爺的言語，小的不敢講。」

「不要緊的，」快馬李三說；「你儘管照他的話講好了，我不會怪罪你的。」

「他這麼說的，」那小廝終還有些怯意，囁嚅的說：「他說是這回做案子，就是要顯顯顏色給快馬李三看的。快馬李三這個糟老頭兒，只夠當捕快的料兒，居然也能當起副將來，我馬老咬若不讓他多栽兩次跟斗，他始終不會弄清他究竟算是老幾？……他又講：隔不了幾天，快馬李三必會到這兒來找我，到時候，你們不妨跟他說，我馬老咬一人做事一人當，在十丈崖古廟前等著他，管叫他騎著馬來，橫躺在馬背上馱著回去！」

「哼，狂徒小子，」快馬李三自出道以來，這種輕蔑他的言語，他還是頭一次聽說過，不由氣朝上湧，火冒八丈，手拍著桌角，咬著牙罵說：「他這樣看扁了快馬李三，也算是瞎了狗眼啦！我用完酒飯，立時就到十丈崖去找他，我倒要見識見識，他馬老咬有什麼樣了不得的能耐？敢在長淮橫行！」

他正在說著，外面進來一個人，那人一言不發，陰陰冷冷的，揀著和快馬李三正對面的一張桌子坐了下來，兩隻手大模大樣的分捺在兩邊桌角上，翻眼瞅著快馬李三和他的僕從。

「小夥計，你過來！」那人開口招呼說：「你甭光在那兒侍候大老爺，也替我添雙杯筷，拿份酒菜來！等我吃飽了，喝足了，好打發那個找我算帳的！」他這樣說話時，兩眼不住的睃瞄在快馬李三的臉上，話音兒牛掃不掃的，充滿了挑釁的意味。

快馬李三總是有閱歷的行家，一瞅光景，心裡就明白了，他緩緩的舉起酒杯來，朝那人晃了一晃說：「馬老咬，你說是在十丈崖等人，爲何又跑回楊家樓子來了？」

「嘿嘿，李大人，我是聽說您來了，特意跑來接駕的。」馬老咬說：「也正好藉這個機會，先見識見識您的快馬和單刀，您真有那個本事，就把我鎖回去結案，要不然，您也得留下點兒什麼做見面禮了！」

「好！」快馬李三說：「算你還有這份膽氣，你既來了，我就不得不把你給留下啦！」他說著，便解下帶鞘的佩刀來，壓在桌面上。

「您可甭急，李大人。」馬老咬毫不介意，輕描淡寫的說：「咱們各用各的飯，各喝各的酒，不論你死我活，大夥兒都塡飽了肚子。」

他這麼一說，快馬李三倒不便急著動手了。天逐漸黑下來，店堂裡彌漫著一股緊張的氣氛。小夥計戰戰兢兢的把燈給點上，燈光跳動著，快馬李三趁機仔細打量著馬老咬；馬老咬長得矮小精瘦，一張寡肉的油黃臉，額頭低，鼻梁塌，一副其貌不揚的樣子，根本看不出有什麼特別的武功。這使他略微安心一點，心想：你儘管吃喝好了，諒你也走不了我的手，吃完了，讓你做個飽死鬼也好！

快馬李三親自下來辦理官船劫案，和馬老咬兩個，在楊家樓本舖的店堂裡，面對面熬上了，這消息經人傳告出去，一刹時就傳遍了整個楊家樓子啦！有些膽小怕事的，料定馬老咬一定會拔刀拒捕，到時候，難免有一番驚天動地的惡戰，所以，就忙著關門閉戶，縮頭躲在家裡；也有一些略有膽氣的，懷著一股好奇心，在店堂外邊伸長腦袋，悄悄的朝裡邊張望著。這些年來，馬老咬橫行鄉里，被他魚肉的居民暗恨在心，都盼著快馬李三能把他一舉擒服，鎖進衙門去伏法，所以，也都在店外遠遠的站成一圈兒，屏息等待著。

春夏初交，入晚多霧，天剛落黑不久，四野便起了霧幛，那是一團團似煙似絮般的東西，隨風飛舞著，時時遮掩初升的月亮，使月光變得青幽幽的。

這時候，馬老咬還在慢呑呑的喝著酒，連眼皮兒也沒抬一抬。快馬李三起先是顧慮身分，耐著性子在等，等了好半晌，實在不耐煩了，用手拍著刀鞘兒說：

「姓馬的，你甭故意拖延了，我沒空跟你窮泡，及早亮兵刃吧，我抓拏你，要拿得漂亮，不能讓人說我李某人以老欺小，以多壓少。」

「好！」馬老咬站起身來會帳說：「李三爺究竟是多年在檯面上混的人，話也說得夠漂亮的！不過，爲了您的聲名和顏面著想，我實在不忍心在楊家樓子，當著眾人的面跟你動手，您若落敗在我手上，裡子面子全沒有了，那不只是橫刀刎頸一途嗎？……正好我吃得太飽，需得活動活動，藉這機會，可以領教您的快馬。」

「你是想跑？」

「不錯！」馬老咬說：「咱們不妨這樣說定：我打這兒徒步奔往十丈崖，您騎您的快馬追我，若在中途追上了，把我拏住，我二話不說，乖乖跟你回衙門去，砍腦袋，切脖子，悉聽尊便！若是捉不住我，嘿嘿，我可是說到做到，也得要您留點兒東西下來作紀念了！」

快馬李三一想：馬老咬這個狂徒，到底是年輕識淺，不知利害，李某人既有快馬李三的綽號，當然是以快馬聞名的，這些年來，自己經辦的大小案子，不下數百起，從沒有什麼樣的飛毛腿，是自己這匹馬追不上的，他竟然敢跟自己打這個生死賭注，看光景。他已然輸定了。

「好吧！」李三也站起來，吩咐老孫說：「你到槽頭替我牽馬過來！」然後他以輕蔑的語氣對馬老咬說：「我讓你先跑百步，然後放馬追你，我不信你能插翅飛天，這一劫，我看你是非應不可了！」

馬老咬這時不再多說什麼，他一面繫緊腰帶，一面邁步朝店堂外面走，走到大柳樹那兒停住腳步，轉回身，等著快馬李三的僕從把他那匹快馬牽出槽，將韁繩交到李三的手上。

「馬老咬，你這是找死！」李三說：「我說過放你百步地的！」

「那倒用不著，李三爺，」馬老咬說：「我並沒承你這個人情！」他說了這話，又轉朝遠遠站著的那些人群喊說：「你們全是來看我馬老咬的熱鬧的，可不是，你們心裡的意思，不說我也明白，——全巴望我今晚就栽在快馬李三的手裡！老實跟你們說了吧，你們想看李三的笑話，明兒有的是機會，我馬老咬的笑話，這一回你們算是看不到了！」

說著，他便邁開步子，朝鎮外的輕霧奔去了。

快馬李三哪能容這要犯有兔脫的機會，當時雙膝一磕馬，那匹快馬便潑開四蹄，兀得得的跟著追了下去。依照快馬李三的計算，十丈崖離楊家樓子，共有五里多地，他的馬一放轡，快如出弦的箭鏃，轉眼的功夫就到了，馬老咬畢竟是凡人，不是脅生雙翅的怪物，他跑得再快，自己不用到半路上，便可追到他了！

但當馬出鎮梢，他才發覺不是這麼回事。野路上有著淡淡的月影兒，月光透過淡霧，正朦朦朧朧的映出馬老咬的背影來；看上去，那馬老咬並不是在奔跑，只是朝前走路，他穿的青袍子，被風兜得鼓鼓的，他的雙手朝開平展著，像是兩隻鳥翅，他的雙腳划風，略略有些外八字，又像走，又像飛，一步一步慢吞吞的。

按理說，他胯下的那匹馬，早已潑開四蹄朝前疾捲了，馬腹幾乎貼在地面上，速度可想而知，以這種馬速，早就該超過馬老咬的，而事實不然。……無論他催馬催得多麼急，無論那匹馬快到什麼樣的程度，那馬老咬的背影，仍然若即若離，始終離他十幾廿丈遠，飄漾飄漾的，就是追不上。

這樣追著，追著，快馬李三不禁心裡一凜，心想：這哪兒追的是人？簡直是在追一個步履無聲的鬼魅！這是他出道多年，從來也沒遇著過的怪事。……他接著轉念一想，這才恍然悟出一個道理，當年的百里飛，就是以輕功聞名的，百里飛可比一般傳說中的草上飛要奇得多、快得多了！馬老咬既是百里飛的徒弟，不用說，也學得了他師父百里飛的絕藝，要不然，他適間在楊家樓本舖的客堂裡，怎會那麼沉著，敢跟自己拍胸打賭。他這種奔法，難道就會是傳說中的縮地飛騰法不成?!

快馬李三的腦筋動得很快，他又連帶的想起馬老咬也許只是依仗他自己的腿快，一般武功並不高明，所以他才想到這個逃字訣兒，如果他的武功有把握勝過他手裡這柄單刀，那他儘可以在楊家樓子當場動手，不必要脫褲子放屁，沒事找事幹，來消耗時辰，玩這種追追逃逃的把戲了！

這想法使他的精神在初興的凜懼中，又添了幾分興奮；他不必顧慮什麼，儘可一直追下去，到適當的時機，他便可以硬逼著馬老咬亮兵刃過招，這樣一來，他的快馬即使不一定贏他，至少可以這把單刀制住他，橫豎都能把他捉著，釘上頭號的手銬腳鐐，將他押回衙門去。人說：千快萬快，沒有什麼比人的腦筋動得更快。只一剎功夫，快馬李三追捕馬老咬，早已過了半路，眼看就要追到十丈崖了。

煙霧一陣又一陣的喧騰著，盪動著，快馬李三再一花眼，他眼前所見的馬老咬的背影忽然隱沒了。

那匹馬朝前奔得太急，一時收不住韁，快馬李三禁不住自言自語般的迸出話來說：

「糟！真糟！轉眼就跑過了頭，把馬老咬那廝摔落到後面去了，想拔刀拿下他，非得撥轉馬頭，順著來路去找他不可！」

他剛把話說出口，就聽見他自己的後腦窩盪出一串嘿嘿的笑聲來，那不是馬老咬還有誰?!……馬老咬的聲音在他身後說：

「李大人，果真名不虛傳，這匹馬跑得實在夠快的。我馬老咬跑累了，只好偷偷懶，掛在馬尾巴上放一放風箏，換幾口氣再跑。」

快馬李三再這麼一轉頭，我的天，那不是馬老咬是誰來?!他只是用他的兩隻手指頭，捏住馬尾上揚起的一兩根毛，整個身子在半空裏斜斜的飛著，頭在下方，雙腳在上方，那條辮子被風絞得直直的，在他腦後飛絞著。……凡人哪會練出這等的輕功來?

「我說，馬老咬，」快馬李三有些膽寒說：「你既是大俠百里飛的門人，在長淮一帶，儘可開門立戶，沒有誰會麻煩你。我李某人捫心自問，跟你沒仇沒冤，你為何偏要在我管轄的地方犯大案子，存心跟我過不去來著？」

「嘿，這話你何必問我？」馬老咬說：「你去拜訪我師兄程登雲，先自想謀算我，我若不顯點顏色給你瞧瞧，你就真會得意忘形，自以爲你是長淮一等一的人物了！老實說，你這個鳥副將，真還不在我的眼下呢！」

「人可不能太狂妄，馬老咬！」情勢逼到這一步田地，快馬李三即使有些自知不敵的膽寒，但也無法轉圜了，他咬咬牙，橫下心，硬起頭皮說：「這兒四野無人，我才好心勸說你，最好跟我回衙去結案，我絕不會虧待你，……我是吃公門飯的人，你既砸我的前程，我非跟你拚上性命不可！」

「你以爲你的性命値錢？」馬老咬說：「今夜你就有心把性命送上，我還不樂意要呢！」

快馬李三總算是老一輩成了名的人物，儘管情況再於己不利，他也不能忍受馬老咬對他百般的譏誚嘲辱，他抽出刀來，在奔行的馬背上，迴身砍劈過去。

馬老咬並沒還手，只是嘿然冷笑一聲說：

「快馬李三，你的這點兒能耐，我馬老咬算是見識過了！憑你，還不配緝拿我，你回去另請能人高手去吧！我在縣城的醉月樓候駕！」

話音兒仍在空際迴響著，馬老咬的人影兒業已消失在霧裡了。快馬李三這才覺得自己渾身都沁出冷汗，憑馬老咬那身功夫，原可輕取自己性命的，在十丈崖附近這種荒涼的地方，自己沒有助手，臨到危急的辰光，哪怕是叫破了喉嚨，連個援救的人都沒有，剛才馬老咬若下殺手，自己非死即傷，真是極爲驚險。如今，馬老咬既然定下約來，先行走了，自己只好帶老孫先回衙署，再作計較了。下回再捉馬老咬，不另外請人助陣，單憑自身的力量，無論如何也結不了案吶！

他這樣盤算著，勒住馬，打了一個盤旋，轉朝楊家樓子奔回來了。走著走著，忽然覺得自己的腦後涼颼颼的，好像差了點兒東西，反手再一摸，老天爺，自己拖在脊梁上的那條豬尾巴似的辮子沒啦！辮根被齊齊的絞斷，好像用利剪剪掉一樣，豬尾巴變成鴨子屁股，這個跟斗可就栽得太大啦！

不用說，腦後的辮髮，是被馬老咬動手腳弄掉了的。馬老咬空著兩手沒帶兵刃，想來定是用兩隻手指頭當成剪刀，把自己辮子剪去了的。頭髮這玩意兒，原是極爲柔韌的東西，俗說：牽一髮而動全身，莫說由滿頭頭髮編成的三股辮子了。馬老咬能以指作剪，身子凌空，剪掉一個在馬上疾馳的人的辮子，這已經表明他不但具有絕世的輕功，他的武技也同樣的出色，至少，快馬李三不得不垂頭喪氣的自認遠非對方的敵手。

自己擒不了馬老咬，還是另一回事，還沒能跟對方動手，就被對方剪掉了辮子，這不是丟人丟到奧來國去了嗎?!……他越想越懊惱，回到楊家樓子，根本沒再停留，當時就招呼老孫牽馬起腳，連夜趕回縣城去了。

而事情不鬧出來則已，一鬧出來，想瞞也是瞞不住的，儘管快馬李三爲了裝飾門面，買了假髮，綴起一條假辮子拖在腦後，那也不能遏止沸沸揚揚的傳言。

有一件事，快馬李三的心裡有數，——劫官船、姦殺官眷的案子非破不可，儘管自己臉面被撕破，辮子被剪掉了，但事情才剛剛開始，也就是說：一天不捉住馬老咬，一天就無法結案。事情到了這一步，他可以說是傷透了腦筋。

「我說老爺，您光是唉聲嘆氣也不是辦法。」老孫看著快馬李三一副愁眉不展的光景，忍不住勸說：「對方把您挫辱成這個樣子，如今，他又到了城裡，大模大樣的在醉月樓落腳，揚言等著老爺去捉他，無論如何，您總得想想法子啊！」

「你甭急，我正在想法子。」快馬李三說：「你該看得出來，馬老咬他這完全是衝著我來的，這一回，我若捕拏不到他，在好幾萬縣民的眼底下，我快馬李三還能抬得起頭？」

「那個馬老咬既然這麼厲害，您何不就去找程登雲呢？」老孫說：「程大俠是馬老咬的師兄，自有降住他的能爲。」

「程大俠那兒，我業已著專人去請了。」快馬李三說：「不過，他就立時動身，也得要幾天才能到達，再說，我總不能眼睜睜的看著馬老咬在縣城裡猖狂，凡事都依靠程登雲出面。馬老咬斷我辮髮，我非得自己報仇不可！……這種挫辱，我是一生一世也忘不了的！」

一個人崛起之難，快馬李三是體會得到的；他從一個捕快頭目，積功熬升到副將，這其中所經的驚險，所歷的艱難，真是數不盡，道不完。他不能就這麼輕易的栽在後生小輩馬老咬的手裡，他也並不願意倚靠程登雲出面收拾殘局，他要自己想法子。

醉月樓裡外

醉月樓是縣城鬧市當中的一座大酒樓，兼備若干客房，供南來北往的商客們歇宿。醉月樓這座高達六層的建築，座落在環河大街中段，面臨著桅桿如林的大河。樓身全是粗大的晉木建成的，四面都是雕花的油紙?扇。一到夜來，滿樓上百盞燈火齊明，好像繁星一般，那些繁華的燈影，又投落到河面上，隨波晃動，搖曳成水上的晶宮。大河是漕運的主要航道，不乏腰纏萬貫的富商巨賈，因此，才有人肯集巨資，建成這麼個美侖美奐的待客之所，更增添了這個水陸碼頭的繁華氣氛。

馬老咬幹了那票劫案，身懷巨金，一進城就選上了這個地方。投宿時，他毫不隱諱，直稱他是官府緝拿的要犯馬老咬，也是官船劫案的做案人，他是來這兒等著快馬李三收拾的。

醉月樓的老闆一聽，不由得嚇出冷汗來，對他說：

「我的馬爺，您若是投案來的，我勸您趕快到衙門裡去，快馬李三李大人辦任何案子，從沒走過手，出過岔兒，等他來擒你，那就不如投案爽快了！」

「嘿嘿，我馬老咬這趟進城，就是要讓全城的人瞧看瞧看，看他快馬李三究竟有什麼樣的本領，多麼大的膽氣，我要使他當眾再栽一次跟斗！」

「再栽一次跟斗?!」醉月樓老闆簡直有些不敢相信他自己的耳朵了，尖聲嚷問說：「您是說，他在您手上栽過?……咱們可都沒聽說啊?!」

「等你聽說，他快馬李三的腦袋還在不在他自己的脖頸上都不一定了！」馬老咬笑說：「你瞧瞧，在十丈崖前，他快馬李三送給我的見面禮，——這條辮子，就是李三的，他如敢來，我一定雙手捧著還給他。當時，我只是剪下來玩一玩，並沒當真要留著。」

他把老闆嚇得目瞪口呆，討了房間住下，把快馬李三的辮子掛在他的房門口，任人觀賞。一個犯重案的強盜，居然帶著副將大人的辮子，跑到城裡來，在李三管轄的地面上逞威，李三直接統帶的兵勇，就駐守著這座城池，這種事，說來也太荒唐了，消息傳揚出去，沒有誰不是大驚失色，議論紛紛的。

一般說來，縣城裡無人不知百里飛這個傳奇性的人物的，而且依據若干傳聞，他們對奇人百里飛都異常尊崇。而這些居民，也都知道百里飛只有兩個徒弟，那就是清澗的程登雲和楊家樓子的馬老咬。他們奇怪的是：百里飛的這兩個傳人，為什麼一正一邪，相差得這麼遠？馬老咬為何要干犯師門戒律，犯姦、犯劫、犯殺？……不論其中的原委如何，人們為百里飛竟有這麼個徒弟嘆息不已倒是真的。

「當然，百里飛的傳人，都不是簡單的，」有人說：「但快馬李三當年跟隨黃天霸，也是老一輩當中的高手，哪有那麼容易就被馬老咬剪斷辮子的道理。我說，這也許是馬老咬故意糟蹋他，激他出面的！」

「是真是假，總騙不過人，」另外有人說：「好在快馬李三也已回城了，馬老咬既在這兒，快馬李三決沒有不出面的道理，等他一出面，事情就會弄明白了！」

「我以為這個馬老咬說得太誇張了！」醉月樓的老闆說：「副將李大人坐鎮長淮不是一天了，不知有多少江洋大盜，都沒能逃得過他的手掌心。饒他馬老咬盡得百里飛的真傳吧，也不至於雙方沒過招，他就能剪掉對方的辮子，他這算把快馬李三糟蹋得不成玩意兒了！」

「我覺得不是這樣！」一個年紀較長的人說：「世上事，出人意料的，太多了！諸位想想吧，這兒是李大人的防地，若不是真的，誰敢這樣招搖撞騙，那不是活得不耐煩了，要自己找死？……也許這完全是真的，馬老咬硬是有李副將望塵莫及的功夫。」

年紀較長的人這麼一說，大夥兒都恐懼起來，恐怕快馬李三一現身捉拿人犯，就會有一場激烈無比的纏鬥，不但醉月樓避免不了傷亡損失，就是這一條街上的居民，也都會受到波及。……愁儘管愁，可沒有人能想出法子來，只好縮頭蹲在一邊，聽任事情自然發展。

果然，在程登雲大俠還沒有抵達縣城的時刻，快馬李三便先展開了捕擒的行動了。一天夜晚，快馬李三率著他手下的一幫精通武術的人，更帶著大隊的騎兵和步卒，把一座醉月樓圍了很多匝，他們亮著各種兵刃，張著強弓硬弩，在許多支火把的光亮裡等候著。快馬李三對著馬老咬喊話，逼他早點出來受死。

這時候，馬老咬穿窗而出，翻上了醉月樓的樓頂，他大聲朝下面的快馬李三說：

「堂堂的李副將，何必為討你的那條辮子，動這麼大的肝火，擺這麼大的排場，捉我馬老咬一個人，該是太『小題大做』了吧？……有本事，你不妨亮刀上來，當著滿街人等，露幾手出來瞧瞧，我是看不慣打群架的。」

「好！馬老咬，你這個狂徒，你等著，我這就上去會一會你。」快馬李三騎虎難下，惱羞成怒的說：「今夜，你就真是頭生雙角，我也要扳你一扳！」

「老爺，這可是捉拏要犯，」老孫提醒他說：「既不是約期決鬥，又不是打擂台，您不必為他的幾句話動肝火，一起拉刀上就是了！」

快馬李三也知道自己一個人決非馬老咬的敵手，這個人多勢眾的便宜，不能輕易放掉。於是，他把單刀向左右一擺，當時就有七八個漢子，齊齊發出一聲吶喊，跟他一道兒朝醉月樓上衝去。

快馬李三的意思是，不管捉不捉著人，先當著縣民的面，把拏緝要犯的聲勢擺出來，表示自己並非真的縮頭怕事。他想：只要能把馬老咬嚇跑掉，他也就能掙回一大半丟掉的面子了！經過這一陣，再由程登雲以維持師門戒律的身分出面協同官府辦案，不就順理成章了嗎？……自己的辮子丟了，好在頭髮是活物，過它年把年，也就重新長起來了，誰還會那麼認真得無聊，會拿支尺來量？

他們蹬蹬的竄上去了。

官兵圍捕巨盜，原就是一場好熱鬧，何況這一回，快馬李三有意這麼安排，想把馬老咬嚇走，當眾爭回面子，他幾乎糾合四五百人，燃起上百支火把，把醉月樓映得像燒了晚霞似的。百姓們雖然膽小，不敢過分靠近，但都遠遠的站在碼頭旁邊，倚著石欄杆，睜大眼睛瞧著。在這種情況下，他們大多都看好快馬李三這一邊，認爲馬老咬再強，也是眾寡不敵，能逃離醉月樓，就算是他有天大的造化了。

但馬老咬根本沒有逃走的意思，當快馬李三率著一批辦案的高手躥登醉月樓頂時，馬老咬業已揎起衣袖，在那兒等著了。

鼎鼎大名的快馬李三，以多打少，而且如臨大敵似的亮著兵刃，圍擊馬老咬一個徒手，這在人的感覺上，業已是勝之不武，假如再拏不住對方，可不是又損了顏面了嗎？快馬李三把馬老咬恨之入骨，更加認定對方是蓄意挫辱自己來的了。

他緊一緊手上的單刀，把牙盤銼得格錚錚的響，朝四下裡的官兵叫喊說：

「你們替我聽著！官船劫案的欽犯馬老咬就在這兒，他無拘朝哪兒逃，弓弩手都要替我猛射，捉不著活的，就把屍首替我抬回衙去！」

「呸！姓李的，你是在做迷夢了！」馬老咬說：「你何不早點兒訂妥棺木，留給你自己睡？姓馬的好看著你送葬！」

快馬李三這時已橫下心要拿他，因此更不打話，掄刀就跟馬老咬動起手來。馬老咬沒用兵刃，單憑一雙肉掌和李三等六七個漢子周旋著，而且越鬥越有精神。

打著打著，馬老咬忽然飛起一腿，把一個漢子從樓頂踢了下去，快馬李三支持不住了，被逼得退至五樓，鬥不上一會兒，又被馬老咬踢下去一個，這樣一層樓一層樓的朝下倒退，已經明白的表示出，快馬李三遠不是馬老咬的對手了。圍在外面的兵勇們有力無處施，只能發出虛聲的鼓噪，聊以應景而已，時辰流過去，他們也變成看熱鬧的了。

這當口，唯有快馬李三最難過，他被馬老咬一層樓一層樓的倒著朝下逼，而且每下一層樓，馬老咬就踢飛他一個幫手；快馬李三使出渾身解數，也傷不著對方半根毫毛，急得滿頭沁汗，轉眼之間，已被逼退到樓下，他環顧左右，皆已傷亡，只有他一個人苦苦的單獨撐持了。

「我說，姓馬的，你為何這樣苦苦逼我來著？」快馬李三喘息的說：「有種，你就把我殺了吧，越發把案子做得大些，讓朝廷來捕拏你。」

「那倒用不著，」馬老咬說；「我有你做餌就夠了，我要藉你釣出程登雲來，跟他比一比高低，有我馬老咬，就沒有他程登雲！……說我邪性也罷，我這是邪到底了！若不是拗這口氣，我還不會犯大案呢。」

馬老咬剛說到程登雲，快馬李三就聽見外面有人嚷叫，說是從清澗來的程登雲業已趕到醉月樓來了。程登雲這正來得巧，他再晚到一袋煙的功夫，快馬李三就要大出其醜了。

程登雲一到，立即叱喝一聲，躥進屋去，把快馬李三給替了下來，掌風虎虎的跟馬老咬交上了手。快馬李三渾身潑汗，盔歪甲斜的退出來，又有話說了。

「我早就曉得程登雲大俠要趕的來，我才揀著這個時辰動手的！」他說：「程登雲既願出頭管事，我就不願早早把馬老咬拏下，適才我只想把他誘下來，好讓程登雲拿他，誰知馬老咬這個兇徒，也算有一套功夫，竟然得寸進尺，傷了我好幾個助手，真是恨人！」

程登雲跟馬老咬兩人，在醉月樓裡動了手，外人也不知他們是怎麼打的？只能隔著玻璃隔扇，隱約看出被燈光描出的兩條人影子，像兩隻靈貓般的互相糾纏著，追逐著；有時在桌面與桌面之間跳逐，有時攪混在一起，走馬燈似的急速旋轉，拳掌相交，拳風和掌風激盪，使燈燄搖搖閃閃的或明或滅，掌風過處，不斷響起窗紙的碎裂聲。究竟這兩條人影當中誰是程登雲？誰是馬老咬？一般人根本分不清楚，只有快馬李三看出這才是一場捨死忘生的龍爭虎鬥，做師兄的程登雲，在拳腳上略佔上風，又一層樓一層樓的倒朝上逼，把馬老咬逼回樓頂上去了。

「這可好了！」快馬李三用單刀朝高處指著說：「程登雲究竟是馬老咬的師兄，拳腳功夫要比姓馬的高得多，醉月樓頂是個絕地，到時候，他想逃也逃不掉，只有束手被擒的份兒啦！」

「馬老咬是一匹怒狼！」一個說：「他牙尖爪利，這回若不捕到他，又不知要傷多少人了。」

不單是快馬李三和他所率的官兵等待著，一般看熱鬧的民眾，也都伸長頸子，在渴切的等待著結果。

兩個人在醉月樓裡面，足足打了有半個時辰。程登雲盡展所學，把馬老咬逼至頂上面的一層了，這是他們師兄弟倆頭一回交手，馬老咬用盡看家的本領，也無法取勝他的師兄，他這才明白，當初他跟師父百里飛所學的，並不是全部功夫，因爲師兄程登雲不但功力足，有些新奇的招法，根本是他沒有學過的。

既然取勝無望，馬老咬知道四周情勢險惡，再不走，怕就難以脫身了。他虛幌一招，跳上桌面，用手指捏住橫樑，懸身一盪，一鬆手之間，整個身子便擊穿窗洞的油紙，朝外急飛出去。

留在外面的人，正在仰頸觀望著，急促中，忽然看見一條人影破窗而出，疾如飛鳥，斜斜的落向醉月樓的後院裡去。

快馬李三腦筋敏活，立即揮刀嚷說：「是馬老咬墜樓了，你們跟我來，不論死的活的，先替我上去，把他捺住，捆個結實再講！」

李三這麼一招呼，一地的火把燈籠，都跟在他的身後，朝後院飛奔過去，等他們湧至後院再看，哪兒還有馬老咬的影子？方磚地面上，連一點兒痕跡都沒有留下！敢情墜樓的馬老咬，已不知使用什麼樣神奇的護身方法，趁機逃走了。

等到程登雲趕的來，快馬李三便拱手說：

「多謝程大俠趕來相助，緝拿要犯。我明明見到馬老咬墜樓，估定他非死即傷，可不知怎麼弄的，一眨眼的功夫，竟然見不著他的影兒了！」

「不要緊的，李大人。」程登雲說：「家師當年收馬老咬爲徒，傳授他功夫時，就考慮到他會有今天，所以便把護身的寶物，——隻活玉猴傳給了他。以醉月樓頂的高度，一般人輕功再高，落地也會帶傷的，但有了那隻玉猴在身邊，就能把人護住，使人毫髮無損。這回他既然逃了，只好由他去吧，咱們只有另覓機會了。」

「若照程大俠這麼說法，咱們幾乎再沒有多少機會能拿得住他了！」快馬李三嗒然的說：「六層高的醉月樓頂，他都能一躍而下，不傷毫髮，再說，他的輕功又那麼好，誰還能捉得住他?!」

「李大人，我看這事還是等您回衙去，慢慢的再計較吧，站在這兒，人多嘴雜，一時也不便計議的。」程登雲說：「總而言之，您請放心，馬老咬是自作孽，不可活，我既出面，總有法子擒住他的！」

快馬李三這才把程登雲央請到他的衙署裡問計。程登雲說：

「馬老咬雖有那隻護身的活玉猴佩在腰上，但他未必明白事不過三的道理，那玉猴僅能救他兩次命，每當他從高處躍下時，玉猴就會瞎掉一隻眼，當玉猴的兩眼全瞎，它就非但不是護身寶物，反而變成他的催命靈符了！……正因馬老咬倚仗玉猴護身，故此，他跟我放手相搏的地方，必選擇高處，那樣一來，他即使勝不得我，也有從容免脫的機會，因我輕功不如他，又沒有護身寶物，無法追得上他，他便有恃無恐，不至於力盡被執了。」

「嗯！原來是這樣的。」快馬李三這才點著頭，恍然大悟說：「照程大俠的說法，他進城就選醉月樓頂，這是預有所謀，一心等著您來的了？」

「不錯，」程登雲說：「馬老咬去年曾到北地去，分訪黑道人物，他想走邪路，稱霸主，只有在下是能阻止他的人，他一心想除掉我，這是不用說的。我若不在這當口把他捆了送官，等到他羽翼已成，那時恐怕您李大人合長淮官兵之力，也不易拔掉他了！」

「程大俠說得是。」快馬李三說：「其實不用等到那時，如今，若不是程大俠出面相助，我已經力不從心，根本沒法子了案啦！」

程登雲皺眉苦思著，忽然想起什麼來，抬起頭問李三說：

「李大人，在下想請教一下，這城裡，除了醉月樓之外，還有什麼地方，比醉月樓更高的嗎？……要除掉馬老咬，我不得不朝『高』字上著想，因爲馬老咬機伶得很，他自知武功未必勝得我，他決不願意選上平地和我交手的，那樣對他極爲不利。」

快馬李三扶著額頭，略微思索一下說：

「有！城南有座七層高的慈雲塔，正好要比醉月樓更高上一層。程大俠的意思是說，馬老咬會逃到慈雲塔頂上去，等著跟您再決勝負嗎？」

「不錯！」程登雲說：「我想他準會選上那個地方。馬老咬那種拗傲的心性，我很清楚，他一次不成，會再來二次，二次不成，還有第三回！他不想盡方法除掉我，他絕不會甘休的。他犯案犯戒在先，心虛情急，知道我這師兄會爲師門護戒，一定要翦除掉他，這麼一來，便弄成有我無他，有他無我的局面了。他與其提心吊膽，日夜防著我，必會捨死一拚，拚出個結局來的。明兒一早，我就登慈雲塔去會他好了！」

決鬥慈雲塔

城南的土崗子，像龍一般的迤邐著，崗腰有座規模宏大的寺院，叫做慈雲寺，一片密林圍繞著寺院的碧瓦紅牆；慈雲塔座落在慈雲寺後進的崗頂上，那是寺院藏經的地方，七層的塔身，原已夠高聳的了，再加上土崗高亢的地勢陪襯，越發顯出那座寶塔的巍峨。

那天黃昏時分，麗亮的晚雲橫在廟後的天壁上，無數黑褐色的蝙蝠，從廟簷瓦洞裡鑽出來，在大殿前的天井上空飛舞著。這時候，有個三十歲左右的青袍人，帶著一份香燭，踏進山門，穿過天井，朝大殿走來。他看上去文質彬彬的，極像是個書生，但跟隨他的小童，卻揹著劍匣子。他走到大殿的石階前，悠然的停住了。大殿裡的僧侶們正在敲鐘做晚課，一片木魚聲伴和著誦經聲，在平和無風的大氣裡迴響著。

青袍人似乎很不願意驚擾僧侶們的晚課，他不再拾級進殿去，背袖著兩手，在天井裡緩緩的踱起步來，偶然他停住身子，仰望著大殿簷下的匾額，輕聲誦出「慈航普渡」四個字來。

天井裡靜靜的，沒有誰注意這一主一僕，更不會認出那青袍人，就是名滿長淮地帶的大俠程登雲。這一回，他出面協助官府緝捕他的師弟馬老咬，他所懷的心情，可以從他凝重的臉色上看得出一些端倪來；人說，家有長子，國有大臣，百里飛一生只收兩個徒弟，師父不在，他這做師兄的有責任維護師門的規矩和戒律。

按理講，他這回出面，應該說是責無旁貸，義不容辭，但程登雲並不這麼想，他總以悲惻的心替馬老咬惋惜；論機敏和智慧，馬老咬極有根底，他能有這份難得的機緣拜師習藝，練出這樣不凡的身手，說來頗不容易，一個人崛起很難，但毀掉卻太簡單了，若不是野心作祟，憑馬老咬的智慧，是不該做出這等殘暴的案子來的！……「慈航普渡」這四個金漆大字，黑色的底子，彷彿襯活了它，它在大殿飛檐所兜藏的陰暗裡迸著欲飛的光彩；佛存普渡之心，但一般人都不願上那沒底船，脫胎換骨，重做新人，他這樣想著，不禁沉沉的嘆喟起來。

隔了好一會兒，僧侶們的晚課做完了，分從大殿左右退出去。這才有一個執事和尚走下石階，指挑著念珠，雙手合十，朝青袍人問說：

「施主是要上殿進香？」

「不錯，」程登雲說：「我還想請法師轉達一聲，就說清澗程登雲，有事想面見方丈。」

「啊！原來是程大俠。」執事和尚說：「我這就替您通報去，您先進殿上香吧。我讓小沙彌把佛燈給點上，天已逐漸落黑啦！」

程登雲拾級進殿，剛上完香，執事和尚就過來告訴他，說是慈雲寺住持業已在方丈房裡等候著他了。會晤白眉老方丈時，他把他師弟馬老咬犯案，快馬李三奉令緝捕，馬老咬自醉月樓逃遁的事，詳細說了一遍，壓後他說：

「登雲這回出面，實在是迫不得已。上回在醉月樓，馬老咬已和登雲交手，較量過拳腳，這一回，他極可能持劍和登雲決鬥，他劍上的功夫強過拳腳多多，而且，據登雲估計，他又極可能選上慈雲塔作為決鬥的地方，因此，登雲不能不先來稟告方丈，……這兒究竟是佛門淨地，不知老方丈的意思怎樣？」

「出家人，管不得俗家事。」老方丈緩緩的說：「本寺不願見刀光血影，但也擋不得官府辦案拏賊。這兒不是少林、峨嵋那些深山大寺，這兒寺僧只誦經禮佛，沒有武術修為，慈雲塔是佛門藏經之地，只要程大俠存渡人之心，替對方留一線生機，貧僧就很感激了！」

「多謝方丈指點。」程登雲拱揖說：「登雲只求能夠擒服他，經官結案，免得他再生事端就成了，也許在這兒還擒不住他，但總不會染污貴剎的。」

「他約期在這兒跟您見面了？」

「沒有。」程登雲說：「但他極可能選上這座寶塔，因為他有活玉猴護身，處境危困時，可以從高處躍下，不損毫髮，——這座寶塔是他最後的依恃，據此，他便能進退自如了！」

「啊！原來是這樣的。」老方丈說：「那馬老咬既沒和程大俠相約，您怎知他會在何時出現呢？」

「這不要緊，」程登雲說：「登雲可以借住寶刹一段日子，我想過不多久，馬老咬就會露面的。」

「程大俠不嫌小寺裡粗淡的齋飯，這兒倒有清靜的廊房，可供施主們借宿。」老方丈說：「除此而外，出家人可再沒有什麼可以幫忙的了。」

程登雲在慈雲寺裡住下來，等著馬老咬出現。轉眼過了個把來月，季候轉秋，崗坡的蒿草逐漸枯黃了，而馬老咬蹤跡杳然，根本就沒有出現過。這其間，快馬李三穿了便服，夜訪程登雲兩次，每回，快馬李三都擔心著程登雲會估量錯誤，他以爲馬老咬早已逃離縣城，匿遁到旁的地方去了。

「也許我說的太孟浪了，」快馬李三在飄搖的燭影裡說：「馬老咬跟您交過手，自知不敵，他哪還敢再待在縣城裡？這些日子，我差人四處查訪，根本沒得著一點兒關於馬老咬的消息，程大俠，您這樣等下去，要等到何時才有結果呢？」

「李大人，我的看法，跟您有些出入。」程登雲說：「馬老咬若是膽小怕事的，他就不會犯法犯戒了！上回他犯下那宗巨案，表面上是衝著您，實質上也是衝著我來的。

我認爲他仍在城裡藏匿著，等機會好跟我捨命一搏，分出真正的高低，不信您等著瞧好了！……不久他必會在這兒露面的。」

「好吧！」快馬李三苦著臉，無可奈何的說：「事實上，這案子不破，我也挑不起這個擔子，憑我的本領，根本捉不住馬老咬，朝後全得仰仗您才行。您既然這麼說，我只好硬著頭皮再等下去啦。上頭催案催得緊，限期已過，我實在扛不住啦！」

「空急決不是法子，李大人！」程登雲說：「您不妨在慈雲寺左近，多佈置眼線，一有動靜，立即告訴我；我既出面管事，當然巴望早點了結這宗案子。」

這樣等到白露之後，有人發現後邊的崗頂上，有了奇怪的光景了。最先發現的，是寺裡的小和尚，他在夜晚到廟後的草叢裡解手，忽然看見慈雲塔那邊的高地上，黑地裡有火花在閃爍著，一朵兩朵，慢慢幻化成無數朵，好像兒童在年夜放燄火一樣。小和尚想起來了：入秋後天乾物燥，崗頂的衰草又密又長，夜來的西風又很勁猛，只要有一粒星火落入草叢，便會引起一場大火來，那時候，根本來不及灌救，大火就會把慈雲塔圍困住，慈雲塔是藏經的重地，那還得了?!……他正想跑回去稟告執事的和尚，查明究竟是誰，半夜裏會在崗頂荒曠的地方玩火?!他正欲轉身，再眨眼一看，一陣厚雲遮住月光，崗頂上的那團火花也忽然隱沒，一點也看不到了。

這個小和尚心裏納罕著，他猜不透究竟是怎麼一回事兒？在這種不年不節的時辰，誰半夜三更沒事幹了，會跑到荒涼的土崗頂上來玩火？若說那不是火花，又會是什麼稀奇古怪的東西?!他呆呆的朝那火花出現過的地方望著，等著，等了好半晌，直到浮雲飄過去，月亮重新露出來，依然沒看見火花再出現，……這樣的怪事，使他不停的轉著念頭，他想過，那不會是螢火蟲，也不像是鬼火，除非是他自己看花了眼，他明明是看見蓬蓬簇簇的火花，閃熠在迷濛的月色裡，怎會一眨眼就不見了呢?!

心裡儘管狐疑，他卻悄悄溜回僧房去睡了，並沒把夜來所見的事情稟知執事僧和老方丈。不過，他既已動了疑念，一顆心就不落實起來了；第二天夜晚，他翻側著，想到那團閃爍的火花，便無法睡著了，他從窗角看看星顆子，估量已是三更天了，他悄悄的穿起衣裳，趿上鞋子，又跑到廟後去，躲在黑角裡，朝崗頂窺視。

又是夜風勁急的天氣，天頂流浮的絮雲，不時遮掩著月光，小和尚並沒等待多久，火花又在崗頂閃爍起來了，一朵，兩朵，緊接著變成無數朵，繞成一個急速滾動的圓弧，快得使人目眩。……

小和尚瞧得有些發呆，這樣瞧了一會兒，倒被他瞧出一點名堂來了，那就是月光愈明亮時，那火花愈亮，若是月光被浮雲遮掩住，那火花便也隨著隱去了，這究竟是怎麼一回事?他是越想越迷糊了。

這一夜，那火花足足時隱時現的持續了兩個時辰，小和尚也看了一個飽，他不敢把這事再隱瞞下去，二天一早，他就把夜來所見的怪事，一五一十的稟告了執事僧。執事僧猶猶疑疑的沒敢輕信，因此，便沒告訴老方丈，他要自己親眼看看到底是怎麼一回事再說。

又一天夜晚，執事僧在小和尚帶領之下，匿伏在廟後的草叢裡等著，三更方過，火花真的出現了，果然和小和尚所形容的一樣，一朵，兩朵，緊接著幻化成無數朵，根本結成了一道道的光環。

「你去點個燈籠來，」執事僧跟小沙彌說：「我要爬到崗頂看看去，倒看是誰在那兒，……崗頂一片衰草，沾火就燒著了，可不是玩的。」

「師父，我看咱們還是等到白天再爬上去看吧，如今，黑夜更深的，也弄不清是妖魔鬼怪？是好人還是歹人？萬一有什麼險失，那不是更糟嗎？」

「阿彌陀佛！」執事僧宣著佛號說：「出家人與世無爭，與人無忤，哪會有什麼岔事？在我想，這火花十有八九是人弄出來的，咱們只是要他換換地方，這會有什麼不妥呢？」

「對方若是不肯，又該怎麼辦？」小和尚說。

「那也不要緊。」執事僧心平氣和的說：「那，咱們便在白天聚合全寺僧眾，到坡崗去割草，沒有那一片衰草，火就不會燒起來了！」

等到小和尚點燃了燈籠照路，執事僧再爬到慈雲塔後的坡崗上，哪還有什麼火花來著？不但不見火花，也沒見著半條人影。

「這就奇怪透了？」執事僧到處尋覓說：「沒有人在崗子上，這些火花難道是打地底下冒上來的？」

「可不是？大和尚。」那邊草叢裡，也走出兩個漢子來說：「咱們也在崗底下看見這兒有火花飛舞，才撥開亂草，爬上崗來瞧個究竟的，也許咱們都來晚了一步，弄出火花的人，早已走掉啦！」

執事僧在燈籠光裡，看那兩個漢子都佩著腰刀，雖然穿著便服，但一望而知是吃公門飯的人物，便雙手合十問訊說：「兩位施主是？……」

「大和尚，您不識咱們了？」其中的一個說：「幾個月來，咱們跟隨副將李大人，到廟裡去看望過程大俠，跟您見過面的。」

「啊！真是失敬。」執事僧說：「兩位爲何三更半夜不回衙，跑到崗頂來找火花呢？貧僧是怕這兒著火，殃及寶塔裡收藏的經文善卷，要不然，也不會上來了。」

「說了您就明白了！」另一個說：「副將李大人著令咱們在這一帶日夜巡哨，發現動靜，立即查明稟告程大俠，——咱們要捉拿巨盜馬老咬好結案啊！」

「原來是這等的。」執事僧說：「貧僧弄不明白，這火花出現，和馬老咬又有什麼關聯呢？」

「據一般情形推論，這火花並不是火花，而是有人練劍，發出來的劍光！月明光亮，月暗光沉，這就看得出端倪來了！」那兩個差役說：「也許練劍的就是馬老咬，咱們還是去稟告程大俠吧……。」

事情到了程登雲那裡，他點了點頭說：「我明白了。你們不必日夜巡哨了，沒有誰能捉得到他的，……不錯，那確是馬老咬在練劍，他要找的人，就是我。明晚三更天，我去會他。」

那夜西風轉急，雲層厚重，月晦星稀，天氣也變得異常寒冷。程登雲早就裝束停當，盤膝趺坐在廊房的木榻上，把他的佩劍橫放在面前，瞑目等待著，好像專心一致的養精蓄銳，好對付夜來的決鬥似的。廟裡的僧眾聽說馬老咬業已在崗頂現身，也暗捏了一把汗，不知程登雲是否能夠一舉擒獲他？

馬老咬現身的消息，快馬李三也得了訊，他自承衙門裡的差役辦不了事，因此，只帶了兩個隨從的人，騎著馬趕到廟裡來，準備當程登雲捕獲馬老咬之後，好把人犯鎖回衙署去。他趕到慈雲寺時，正碰著程登雲靜坐養神，他不便上前驚擾對方，就歇在廊房的外間等待著。

二更後不久，程登雲抓著劍出來了，見著快馬李三，神色凝重的拱手說：

「李大人，馬老咬在劍術上的造詣非同尋常，兄弟不得不摒除雜念，靜養精神。這一回能不能拏住他，兄弟沒有把握，不過，假如能逼得他再跳一次高塔，使他護身的寶物失靈，那也就夠了！他失去玉猴的依恃，下一回，捉拏他可就容易得多啦！」

「程大俠如此盡力，李三感激不盡。」快馬李三說：「咱們本領不濟，把這付擔子全卸到程大俠一個人的肩膀上，真是太慚愧了。」

「李大人，用不著這樣客套，」程登雲說：「兄弟早就說過，兄弟這回出面，並非純爲協助官府辦案子的，只是要維持師門的規矩和戒律，李大人就是不請，兄弟一樣要出面收拾的。如今，時辰快到了，兄弟就得去會馬老咬了！……你們不必幫忙，只要在塔下等著就成，兄弟若擒得住馬老咬，自會招呼差役捆人，若是沒擒住他，千萬甭上前圍捕，那樣一來，反而會白丟性命。」

「好！」快馬李三說：「咱們決計照您的囑咐做，權當是掠陣的吧，搖旗吶喊，擂鼓助威總行。」

程登雲淡然一笑，抱劍拱拱手，就跨出廊房，獨自一個人，邁步朝廟後的崗坡走過去了。

至於程登雲和馬老咬這師兄弟倆如何決鬥的事，當時天色沉暗，誰也沒能靠近見著，連快馬李三本人，也只有在廟後遠遠觀看的份兒。

程登雲爬上崗坡不久，奇怪的景象又出現了，這一回，他們看到的，不再僅是一團火花，而是兩團火花了，這兩團火花，互相斜纏著，滾逐著，從崗頂的草地上纏鬥到慈雲塔邊，又忽地飛躍起來，走馬燈似的繞塔迴旋著，一層又一層的旋繞旋昇，一如流螢飛逐。

這情形落在快馬李三的眼裡，不由臉上發熱，暗叫一聲慚愧！想自己發跡江湖，跟黃天霸當差辦事，晃眼幾十年了，自以為辦案無算，見多識廣，武技拳腳，雖沒登堂，也算入室了，誰知比起程登雲和馬老咬來，簡直相差十萬八千里，連門兒都沒有。

程登雲捉擒馬老咬，老方丈也出來觀看，見到塔上火花飛迸，不由為馬老咬嘆息說：

「一個人，身手練到這步，太不容易了！一念之差，便落到身敗名裂的地步，真是可悲可嘆。」

兩團火花在一刹之間，業已從塔下旋昇到塔尖上了，急速的夜風吹拂著，盪起一片風鈴的聲音。天還是那麼暗沉沉的，看不見塔尖上的人影，但那兩團火花卻是越舞越急速了，有時像是萬道金蛇；有時恍如飛垂的匹練；火花與火花相遇的那一刹，更有火星兒從那飛舞的光環中騰迸出來，緊接著，便傳來金鐵的交鳴。站在廟後觀看的人，沒有誰能分辨出誰是程登雲？誰是馬老咬？誰輸？誰贏？包括快馬李三和老方丈在內，大夥兒只能伸頭仰望，苦苦等待著結果。

塔尖上的那兩個，足足纏鬥了一個更次。在這之前，馬老咬懷恨著程登雲在醉月樓露面，使他倉促中落敗，因此埋頭苦練他的劍法，希望能一舉把對方擺平，只要放倒程登雲，在長淮一帶，他便沒有敵手了！當年他跟百里飛習藝時，就抱定一個念頭，在師門裡，他絕不願屈居他師兄程登雲之下，因此，他練功練得極勤極苦，尤獨是在輕功和劍術上所下的功夫更多，但他明白程登雲也是刻苦勤修的人，不敢掉以輕心。據他所知，程登雲的劍法，跟他是半斤八兩，假如選在平陽地上和他一決勝負，想取勝對方極不容易，唯有選擇慈雲塔頂，以他的劍術和輕功配合，才能佔得著便宜。

算盤打得很如意，他露面誘引程登雲上鉤，進行得也很順利，但等雙方交手之後，這才發覺對方不但功力深厚，劍力雄渾，而且有若干招數是師父當年未曾傳授給自己的。遇著這種招術，他無法破解，只有飄身退讓，這樣一來，他僅能憑藉輕功略微優越，勉強維持著暫時的均勢而已。

俗說實能擊虛，一點也沒錯的，馬老咬一旦無法取勝程登雲，立時便顯得心虛情怯了；很顯然的，程登雲這回捉不著馬老咬，下一回還有機會，即使下一回仍捉不著他，他也沒有擔子可挑，而馬老咬不同，他犯了血案，一旦被擒，就得賠上腦袋。馬老咬心裡多了這層顧慮，手裡的一柄劍，便更難施展了。

纏鬥到四更天，程登雲招術一變，使急揮的劍身上飄起火燄來，馬老咬一見這種光景，不由心頭一懍。早年他曾聽師父說過，說是練劍的人，有一種終生嚮往，但總難以到達的境地，那便是熔劍術。這種功夫，便是能以本身內力，融注到劍身上去，使劍身火熾熾的熔化起來，噴灑出流星雨一般的鐵漿，飛濺傷人。師父說：只有在幾十年前，茅山有個隱居的劍士姓陳的前輩，有這種熔劍的功夫，……師父一生練劍，他的劍術應和茅山那位劍士同登化境。馬老咬也曾按照師父所傳授的辛勤苦練，但卻始終沒能練到那種地步。如今，程登雲出乎意料的施展出這種功夫來，使馬老咬想到，如果再不脫身，今夜就難以走脫了。

馬老咬究竟是怎樣走脫的？在廟後圍觀的人，全都沒看清楚，只看出兩團劍光當中，有一團忽然收斂，另一團從塔尖劃出一道斜弧，飛落塔下。不一會兒功夫，程登雲提劍趕過來，微微喘息說：

「李大人，今夜勞您空候，馬老咬又已經逃脫掉了！這一回，他一定離開縣城啦！」

「程大俠業已盡了力，我李三沒有話說。」快馬李三苦笑說：「但不知馬老咬會逃往什麼地方去？……這案子實在無法再拖下去了！」

「不要緊！」程登雲說：「依兄弟估計，他十有八九是遁回楊家樓子去了，兄弟想請李大人立即召聚弓弩手，連夜隨同兄弟趕過去，這一回，他護身的寶物，——活玉猴失了靈，只要遇上他，總該捉得住他了。」

馬老咬的結局

說到馬老咬的結局，石老爹的說法，跟楊家樓本舖的小夥計的說法，大致相同。一般說來，馬老咬是在十丈崖上，被程登雲所率的弓弩手困住，使用強弓硬弩對付他，馬老咬自知不敵程登雲，只好躍到松樹頂上，程登雲親自搭箭，把他射落到崖下去的。只不過石老爹說來繪聲繪色，形容得比較鮮活，也講得比較詳盡罷了！

「人，無論有多麼大的本領，多麼高的武技和能爲，走錯了路，犯了血案，總會自食其果的！」石老爹很執拗的抱持著他那種觀點：「世上的人，還有兇過馬老咬的嗎？到頭來，終有人能降得住他。很多事情都能改變，而這種道理，是永也改不了的！」

我也弄不明白，爲什麼馬老咬的故事，會留給我那麼深刻的印象？一直到戰亂來臨，我有機會再經過那座荒寒的小鎮市，仍然有重溫那故事的慾望。但戰亂使那小鎮的容貌完全改變了，楊家樓的本舖毀於火劫，門前的老柳樹也被連根刨掉了，光禿禿的街道，一眼看得出許多殘圮無人的廢屋，光景顯得特別的淒涼。

戰亂的時光，現實生活是火與血染成的，時時刻刻都有新的事件發生。當年說故事的小夥計和石老爹都不見了，有人告訴我，說是鬼子大清鄉時，曾活捉楊家樓的百姓十八個人，男女老幼都有，把他們坑殺在舖前的柳樹下面，……包括店舖的小夥計和石老爹在內……。

「眼前的日子都沒法過了，誰還有心腸說那些前朝前代的故事啊！」說話的漢子蹲在向陽的牆角，穿著單薄破爛的小襖，早春料峭的尖寒，使他一面說話，一面輕輕的顫慄著，滿臉淒苦的紋路，像一本無字的書。……他說的是真話，在楊家樓子，再沒有誰一板一眼的說起馬老咬的故事了，但那個古老湮荒的傳說，早化爲一幅幅墨色的圖景，鏤刻在我的心裡，那些圖景也像黑夜裡的火花，生長著，迸裂著，一朵，兩朵，變幻成無數朵，它不再僅僅是一個荒緲的故事了。

我在青春的浪途上，曾深深緬懷過楊家樓子那個小鎭，早春郊外的綠意，都怯於進入的那種荒涼，說故事的人已經死了，但那故事給予人的原始的信念，仍然存在著，正如石老爹所說：很多事情都能改變，而這種道理，是永也改不了的！

人禽

大旱的年成。

黃沌沌的沙粒被風捲騰到天空去，變成黃色的沙雲。天藍得異常淺淡，幾乎看不出顏色。天腳一片渾黃，夾帶著赤氣，顯示出異乎尋常的亢旱景象來。田野裡彷彿被燭天的野火焚燒過，殘立著的一些禾苗都乾枯捲曲，一片褐黑。乾落了葉的野林子，裸露出光禿的枝柯。有些樹木的樹皮都被飢民剝去果腹了，白慘慘的樹幹繞著龜伏的村莊，看在人飢渴的眼裡，越發有孤伶無助的感覺。

位居沙野當中的胡家老寨，是鬧旱鬧得最嚴重的地方，天還沒交冬，全寨幾百戶人家就把所有的存糧都吃盡了，一秋顆粒無收。沒有新糧入甕，沒有餘糧度過寒冬，原是族裡料得到的事，但是，寨裡的老族長隆爺仍然急得跺腳，差點把發紅的兩眼急迸出來。

「我早就說過，要省糧，要省糧啊！」他跟寨裡的漢子們說：「這如今，還沒到交冬的時節，家家戶戶把留著明春做種的糧全送進磨眼，這一冬一春兩個季節，看大夥兒怎麼熬法?!」

「我說，昌隆大哥，您就是把眼珠急出來也沒有用的。」瘦瘦的盛爺翹起山羊鬍子，鬱鬱的說：「咱們寨裡，都是不近水的旱田，土肥也得雨水滋潤才成，一句話說得爽的，那就是全靠老天爺賞飯的，風調雨順才活得人。您該記得，這樣的災荒鬧過好幾次了，咱們存糧有限，一粒一粒數著吃也該耗完啦。」

族長胡昌隆叼起長煙袋桿兒，狠狠叭了幾口煙，想想盛爺的話，確是事實，寨裡住戶忍飢受餓的硬撐熬，但存糧太少，誰也無法封住飢餓的人嘴，唯一的辦法，似乎只有設法借糧了。

「這，借糧該往哪兒去借呢？」他喃喃著說。

「哪兒有糧好借？」盛爺蹲下身來，湊近他說：「鬧旱一鬧好幾個縣份，土裂田焦的，咱們缺糧，旁的地方一樣缺糧，要是能借著糧，那就沒有難處了。」

「我聽講縣裡就要開倉糶賑糧出來了，」族裡的一個執事胡四鼻說：「但不知這消息確不確實？」

胡昌隆苦笑笑，搖起頭來。

「你們甭忘記，咱們這兒是窮縣份，官倉裡囤集的糧看起來不少，一當分到四鄉，為數極有限，所謂發賑糧，只不過聊表官家的心意，發下來也維持不了一冬，來年荒春，仍非餓死不人可。嗨！天……災呀！不忍也非忍下去不可，怪罪不了人的。」

一群烏鴉聒噪著，飛落到祠堂門口的老榆錢樹上。天近黃昏時了，一輪橙紅的日頭落入西邊的沙霧裡去，像是一盆熾燃的炭火，把地平線上的天空都燒成那種慘淒的黯紅色，人若多望幾眼，彷彿一顆心也被煮熟了。

六十多歲的老族長胡昌隆，在寨中族人的眼裡，一向是耿直剛強值得尊敬的人物，也是經驗多見識廣的老長輩。他曾經帶領族裡的人組織銃隊，打退過企圖捲劫的大股盜匪，也帶領他們熬過許多次水澇和苦旱造成的災荒。雖說寨裡也倒過人，但比旁的村寨要好得多，至少，胡家寨的人沒有被災荒逼瘋，幹出爲非作歹的事情來，這可是闔族引以爲傲的。

隆爺的看法，也許有些人會以爲太紆太傻，他認爲人不論遭逢什麼樣悲慘的災劫，都要安守本分，哪怕兩眼睜睜的餓死，不是人幹的營生，決不能幹。早年鬧災荒，旁的村落裡，有些人嘯聚起來，掄著刀，揹著銃，拉到鄰縣去做盜匪，作下不少宗血淋淋的案子，結果那十八個人被縣隊圍剿，都橫屍在大蘆塘西邊的河灘上；也有些人，爲了一籃野菜，一口糧食，爭得頭破血流的；更有些餓紅了眼，急發了瘋，認定前面沒活路了，犯姦亂倫，儘做些有悖常情的獸行，自尋死路的。這些事，在胡家寨卻從沒發生過，胡昌隆曾經用他粗沉的喉嚨，在祠堂裡對他的族人喊著說過：

「要餓死，最先讓我餓死，大睜兩眼，清清白白的去見祖先，我要做個樣子讓你們看看，人在難中爲人，才顯得真正是個人！」

這種響噹噹的言語，是十幾年前說的，事實上，隆爺說的每一句話都不含糊。大家捱餓的當口，做族長的比旁人餓得多，隆爺即使餓倒了，還咬牙掙扎著，撐起身來去幫助旁人。他的年歲雖比旁人大些，但身子結棍，本錢充足，吃盡千辛萬苦，仍然活著熬過來了。到如今，族裡略略上年紀的人，都記得隆爺當年帶著他們熬荒的情形，對他有著充分的信心。

熬就熬著吧，做族長的隆爺這麼一把年紀的人都能坐著熬荒，旁人有什麼道理不束緊腰帶，咬著牙熬下去呢？所好的是縣裡下來張貼告示，按保計算，要每一保（即今之每一里）列造戶冊，發放頭一批賑糧，糧食的數目不多，每個大口五升糧，小口三升糧，賑糧分囤各鄉，要每保差人去領。

胡家寨應領的糧，是由隆爺親自帶著人去領回來的，糧食先堆在祠堂裡面，敲鑼聚眾，當眾糶分。大夥兒都明白，這批賑糧為數極微，根本救不得荒，但縣署裡開倉撥糧的這番德意，著實令人感激；而且這批糧食來得正是時候，俗謂：寧在飢上得一口，不在飽上得一斗，他們在快斷炊的時刻得到這點兒糧，真像得著了活命仙丹，心裡至少暫時安定了一些。

糧食扛回宅裡去，該怎樣吃它卻成了大家商議的話題，商議的重點不在如何吃得飽，而在如何吃得久。據隆爺帶回來的消息，說是頭一批賑糧，業已把縣倉的囤糧耗盡了，縣裡也正以緊急文書朝上報，希望上面能從外地撥糧來賑災；縣裡既沒有餘糧，就表示出這批賑糧吃完了，第二批糧還不知在哪兒?!在這種光景，飽不飽已無關緊要，如何避免餓死才是正題。

「省糧，咱們全懂得怎樣省，」盛爺說：「不過，俗話說：大口小口，一月三斗（意指一個成人加一個孩子，每月要耗三斗糧食。），如今這點糧，再省，最多能維持兩個月罷了。」

「是啊！」金順他媽胡老大娘說：「人說荒春難熬，但春來還有樹葉和野菜佐餐，寒冬沒有旁的，除掉少數人家還剩有些麥糠和曬乾的薯葉，一天只吃一頓稀的，不能再省了，這樣還會餓倒人的。」

一般年長的人，都在爲缺糧的事憂急著，而年紀較輕的人，血行旺盛，活力充沛，多半不願坐守在家根忍飢受餓。他們打算烙些乾餅，用竹筒攜帶飲水，穿過百里旱區，到外鄉去幫工打雜，這樣，不但能逃荒活命，還能積賺些錢幫助家裡。

對於年輕力壯的族人外出逃荒的事，族長隆爺不但不加阻攔，反而極力慫恿，他認爲這樣謀取生路，非常正當，不管對他們自己或是對族人，都有益無損。不過，當他們動身時，隆爺總告誡他們：由於逃荒的人多，到外鄉謀生覓業也不容易，萬一流落無棲，也不要鋌而走險，去幹那些胡作非爲的邪門營生。否則，即使案子不發，回到胡家寨來，也會受到族規的議處，杖責交官的。

隆爺也知道在災荒年成裡，飢餓會使很多人瘋狂，有的爲匪作盜，明搶暗竊，有的犯下邪淫的罪案。他也不敢說胡家寨的人都不會如此，他這做族長的，只能把話說到，希望族裡的漢子要把心放在當中，不要辱及祖先。但不能要所有的族人都做聖賢，人心究竟是多變的，為善為惡，往往只在一念之間。

這一回，領先外出逃荒的年輕族人，有胡金順、胡金寶、胡光先、胡必定、胡五昇、胡金牛等廿七個人。他們分成兩路，一路朝西，由其中年紀較長的胡光先領著；一路朝南，由盛爺的姪子胡金順領著。誰知走到半路上，朝南這一路遇上變故，突然折回來了。領隊的胡金順，是由胡五昇和胡必定他們抬回來的，他已被人用刀切斷了頸子，渾身都染著沙和血。

「是誰幹的呢？」隆爺驚震說：「我跟你們都交代過，在路上，儘量不要惹事的。金順一向是穩沉持重的人，這種橫禍，怎會落到他的頭上?!」

「是啊，」胡五昇兩眼紅濕濕的：「正因為金順大哥聽您的交代，不准自己兄弟們惹事，才惹出事來的。——咱們離寨六十多里地了，行過大蘆塘，遇上鄰縣有人領鄉裡的賑糧回莊子，胡金牛拔刀去劫那批糧，被金順大哥阻攔住了，胡金牛不服氣，出言頂撞，金順大哥一火，著令咱們合力把金牛捆起來，打算把他送回寨子，聽您發落。……當夜咱們露宿在野地裡，天冷，咱們折蘆柴燃火驅寒，在火堆邊躺著，等到天亮後，金順大哥被人用刀切斷了頸子，而被捆的胡金牛卻走脫了，——咱們發現他是用火把繩子燒斷，趁著咱們入睡時拔刀殺害了金順的，捆他的繩索還有一段燒剩的，遺落在火堆旁邊。這就是咱們帶回來的斷繩，也是金牛犯案的證物！」

「說起來真夠傷心的，隆爺。」胡必定說：「胡家寨早先從沒出過這等事，族中兄弟竟然拔刀殺害族中兄弟！金牛和金順房份近，初出五服就反目相殘，咱們雖然沒有眼見，但從事情發生的跡象判斷，除了金牛，兇手不會是第二個人。」

胡金順被他近房兄弟胡金牛在逃荒途中殺害的事，使全寨的人都陷在震驚和憤怒當中。胡大娘抱著金順的屍體呼天怨地的哭得死去活來，他們那個房份裡的長輩盛爺，更跺腳大罵胡金牛不是人，是不通人性的畜生。

「老兄弟，你光罵有什麼用呢？」隆爺說：「人命案已經鬧出來了，挨了刀的金順，血淋淋的躺著，兇手金牛卻逃之夭夭。天鬧旱是一回事，事情必得逐步料理才成，咱們得要報官，葬人，緝兇歸案，——愈是遇上荒亂年成，愈要彰法。」

報官的事，由隆爺帶著胡五昇、胡必定兩個，親到縣署遞的狀子，請求縣裡驗屍並查緝兇手。縣裡受理了這宗命案之後，當即派人下來驗屍，做了筆錄，但對緝兇歸案這一點，一時仍沒做得到，因爲縣隊奉到緝兇令，不知道逃犯胡金牛潛藏在什麼地方？

金順收葬的事，是由隆爺和盛爺聚合族裡的執事合辦的。天鬧大旱，買不起像樣的棺木，大家集議由祠堂撥出公費，好不容易買到一口白木棺，才把金順的屍體收殮了，葬在村子西邊。族裡的人都知道金順爲人忠厚實在，最使人難受的是金順娶媳婦不到兩年。他媳婦是大蘆塘西南黃楊樹村的人，姓丘，叫丘喜娘，金順出門前，他媳婦娘家放牲口來接她，說是她媽病危，要她回去照料。等到金順被殺害，屍首抬回寨子，這邊備牲口去黃楊樹村接她，才知道她媽死了，正在送葬。喜娘這麼一個年輕輕的婦道，剛死了母親，又失去了丈夫，叫她怎能忍受得了?人騎在牲口上，哭得發暈落地，回到胡家寨後，兩眼腫得像核桃似的，睜全睜不開了。

「盛爺說得不錯，金牛真是個畜生!」隆爺恨聲的說：「他比金順小兩三歲，自幼跟金順就在一道兒長大，金順一向疼著護著他，誰知他二十多歲長到狗身上去了，竟然對他族兄下這樣的毒手?這太可怕了!」

「隆爺，您該知道的，」胡五昇很直爽的說：「胡金牛這個人，他爹死得早，他媽是個半瞎半聾的，早就管不住他，近些年，他在東邊鎮上的煙館幫閒，儘交結些三教九流、不務正業的朋友，咱們早就認定他不是一塊好材料，只是沒想到他會幹出這種事罷了。」

「嗨，」盛爺嘆著氣說：「說來說去，我這做長輩也沒盡責。金牛這小子，先是沒家教，後來又交上不三不四的朋友，心邪了性野了，才會鬧出這等血案來。如今他雖然逃掉了，估量也多活不了幾天，縣裡一抓著他，非判他替金順償命不可!」

提起金牛，族裡人爲他嘆氣的並不多。胡金牛在殺害金順前，並沒做過其他使人震驚的案子，只有一點是全族皆知的，那就是忤逆不孝，頂撞他半瞎半聾的老娘，他娘氣極了，摸起枴杖要打他，卻被他奪過枴杖，扔進屋後的水塘。他娘哭泣著告進祠堂，隆爺召聚執事，議決懲處，把胡金牛吊起來，抽了二十皮鞭，責令他跪著爬回去，向他娘道歉。胡金牛當時是做了，過不久，他卻悄悄的逃離了胡家寨，投靠一幫黑道人物不回來了。

他離家好幾年，他那瞎老娘生活無著，全是祠堂裡撥糧養活著她，金順還常到瞎孀宅子去，幫著照料她的起居飲食。後來還是盛爺親到鎮上去，硬把金牛罵回來的。金牛再回胡家寨來，不但不務正業，逢人還誇說他是在外面混過，見的多，識的廣，他連把族長隆爺也沒放在眼下。

隆爺並沒介意一個族裡晚輩對他的看法，只要胡金牛不犯事，他不會用族規加在他頭上，胡金牛愛來就來，愛走就走，他沒有過問過。

此外，族裡也有一些人，在背地裡議論過胡金牛對於金順嫂的態度，認為他心存曖昧，但這種事情毫無證據，自不便公然的傳揚。金順嫂是個本本分分的年輕婦道，不會有半隻眼看上金牛那種潑皮貨，大家也都明白的；只要金牛不明目張膽的做出什麼，大家當然只有暗中留意著罷了。

「無論如何，金牛如今是殺人兇犯了，」胡五昇對族裡談論的人們說：「縣隊正在加緊緝捕他，他也許能躲得一時，日久總會敗露行藏的，一旦被縣隊捕獲，脫不了要挨槍過鐵，這種猜疑的事，不必再提就算了！」

「依我看，事情遠不如你想的那麼簡單。」中年的胡五常說：「胡金牛那小子，腰圓胳膊粗，練的一身好筋骨，是一隻發了瘋的蠻牛，當時隆爺能制得住他，是因爲他頭上還沒長出兩隻角來。如今，他發了兇性，殺害金順，幹下滔天血案來，足見他是橫了心了。……人心一橫，什麼樣悖乎常理的事幹不出來？縣隊緝捕他，老實說，捕獲的機會不大，非要咱們族裡人暗中幫忙不行。」

「幫忙是應該的。」胡五昇說：「像胡金牛這種畜生，咱們哪還能把他拿當族中兄弟看待?!俗說：殺人抵命，欠債還錢。族裡人既報了官，就該協同官府緝拏他結案，讓金順死在地下也能瞑目。」

「問題就出在這裡了！」胡五常說：「族裡人協同官府拏人，胡金牛不會移恨到族人身上？如今咱們站在明處，他卻匿身在暗處，人說：明槍易躲，暗箭難防，你知道他會使出什麼樣歹毒的手段？尤其是族長隆爺和金順嫂，更得小心防範著才是。」

「我知道胡金牛是兇心蠻性的傢伙，」胡必定插嘴說：「但他終究是單身一個人，沒有什麼可怕的地方，血案在身，逃都逃不及了，我不信他會有那個膽子，還敢貼近胡家寨，那不是飛蛾投火嗎？」

族裡的兄弟們都認爲胡必定說得不錯，全族年輕漢子有幾百口兒，胡金牛再是凶頑，想到胡家寨子來惹事，決難討到便宜。但也認爲胡五常的顧慮不無道理，胡金牛雖不至於明目張膽的做出什麼事來，誰也不敢拿定他暗中會生什麼歹毒的念頭？俗謂：欺人之心不可有，防人之心不可無。無論如何，加意防範著他，總不會有錯的。

金順落葬後不久，縣隊裡擔任緝兇的快馬班就已經拉下鄉來了。快馬班的班長陳玉樓是個很精幹的辦案能手，他下鄉後，先帶著弟兄，到胡家寨子拴馬，拜會了族長隆爺。他特別奉告隆爺，說是宋縣長一向勤政愛民，任何刑案到了縣裡，縣長對懲兇除惡的事，無不盡心辦理，尤其對於胡金牛殺害他族兄金順的這宗案子，更一再叮囑，要快馬班務必在短期內緝兇歸案。

「您是知道的，四鄉這樣遼闊，捕人不是一件容易的事情，」陳玉樓說：「咱們奉命後，連兇犯的長相是什麼樣兒全弄不清楚，怎能在眼下就抓著人？因此，晚輩我不得不到這兒來，拜會老伯，盼望您能協力，使這宗案子能早一天結案。」

「這是當然的，」隆爺摸著鬍子說：「官裡需要我怎麼辦，儘管吩咐，我和族裡的人，都會盡力照辦的，若真遇上了胡金牛，咱們也會親自動手，把他捆交官府。」

「暫時倒用不著您煩勞，」陳玉樓說：「晚輩只是想知道兇犯平素的習性，交結的人物，可能藏匿的地方。若是有熟知他的人，能找一兩位跟馬班配合，緝捕他就容易得多了。」

隆爺點著頭，想了一想說：

「若論最熟悉金牛的，要算他的近房族叔胡昌盛盛爺，但如今他年紀大了，身體又孱弱，騎著牲口到東到西的奔波勞頓，怕他挺不住。餘下來，金牛的族中兄弟胡五昇、胡五常、胡必定等幾個，多少也知道胡金牛的平素習性，我這就著人找他們過來，跟您當面談好了。」

快馬班暫時借駐在胡家祠堂，當夜，陳玉樓便跟胡五昇等幾個見了面，大家圍在豆油燈下，商議著緝捕兇手胡金牛的事。

「據你們幾位的猜測，胡金牛會逃往哪兒去呢？」陳玉樓問說。

幾個弟兄沉思著，胡五昇先開口說：

「這很難說，若依他平素的習性判斷，他會先跑到東邊鎮上去，找他平時交結的黑道人物，尋求翼護，他犯了這種血案，若沒有靠山依恃，一個人到處飄流，當然不是辦法。」

「東邊鎮上我去過。」陳玉樓說：「像賭場的石三，黑磨盤朱五，他們只是地方上的小混家，不會替金牛撐腰，弄到惹火燒身的地步。」

「暗中資助胡金牛脫身遠走，也許可能。」快馬班裡的副班長老趙說：「但咱們盤問時，他們不會吐實，問也問不出原委來的。」

「如果這樣，那麼胡金牛必會遠走高飛的。」胡五常說：「您想，咱們這兒正鬧荒旱，眼看寒冬無糧，一般人都難以爲活了，上回胡金牛就有外出謀生的打算，半路上他想搶劫，被金順插手阻攔，才發生血案的。金牛既犯了案，他不走，留在這兒還有什麼想頭？……難道會等著您去緝捕嗎？」

「這也很可能，」陳玉樓皺眉說：「等他一踏出縣界，咱們雖可用緝捕文書照會鄰縣追捕，但人到外縣，人地生疏，踩案就要困難得多了。咱們當然希望在他遠走之前，在縣境之內捕拏到他。我不妨留一個人住在胡家寨，你們只要打聽到任何有關兇犯胡金牛行蹤的消息，可以隨時見告，咱們就會立即佈置的。」

「這可是最妥當的辦法！」胡五昇說：「咱們闔族的人，誰都把胡金牛恨得咬牙切齒，一心盼望早點把他拏獲，替金順償命，咱們弟兄會儘力協同您緝兇的。」

緝兇的羅網是張佈起來了，而兇犯胡金牛的行蹤，始終是個謎。快馬班的陳玉樓和趙剛，分率班裡的幹員，穿著便裝，到四鄉八鎮踩探過，胡家寨的族人也到處打聽消息，但始終覓不著蛛絲馬跡，由此可見兇犯胡金牛一直沒在附近露面。

荒旱年成，姦盜淫邪的罪案層出不窮，縣裡辦案的人疲於奔命，這宗案子既查不出頭緒，很自然的就擱下來了，胡家寨的隆爺和一些小弟兄輩只是乾著急，一時也拿不出好法子來。

一個落霜的凌晨，寨裡竟又出了一宗駭人聽聞的命案，新寡的金順嫂，竟然在祠堂門口的老榆樹上上吊死了。年輕的小寡婦，假如要上吊殉夫，她大可在金順落葬前吊死，不會事後這樣做的。正當大夥兒為這事犯猜疑的時刻，金順他媽胡大娘，氣極敗壞的哭進祠堂，說是兇犯胡金牛昨夜潛回寨裡，持刀入宅，捆住了她，更對金順嫂行強，媳婦受辱後，哭著撞出門尋死，她卻無法掙脫捆綁。等到天亮之後，她滾到門外來，使鄰舍替她鬆了綁，但媳婦業已死了，兇犯胡金牛又逃掉了。

「畜生啊！真是不知廉恥，膽大包天了！」盛爺氣得渾身發抖，老淚縱橫說：「他這完全是發瘋，不想活了的幹法，殺害金順，還要姦辱他的寡嫂，十足禽獸的作風，天地不容的。」

「該死的東西，」隆爺也罵說：「這許多日子，我以為他懼怕緝捕，遠離縣境的，誰知他竟有斗大的膽子，仍然潛藏在這附近?!又幹下這種傷天害理的事來！……你們替我備妥牲口，我要到縣署去，面見宋縣長，他若不允我立時捕獲逃犯，我就一頭撞死在縣署裡。忝為一族之長，眼見族裡出這種敗類，又任他犯罪後逍遙法外，我哪還有臉回來?!」

「您甭著急，老伯。」快馬班駐留胡家祠堂的那個馬兵侯景吾說：「早先大夥兒都以為兇犯作下血案後遠走高飛的，如今他卻在胡家寨再次露面犯案，足見他仍在附近逗留，您儘可不必親自跋涉，我這就去通報隊上，立即搜捕人犯就是了。」

一夥族人，眼見隆爺氣得發暈，哪還能上牲口，趕長路？便也跟著好勸歹勸，並著由胡五昇備牲口，跟馬兵侯景吾一道兒去縣署報案；同時忙碌著，把上吊而死的金順嫂解下來，依據凶死鬼不入宅的習俗，只能架起門板，把她停屍在祠堂的廊房裡，燒紙化箔的奠靈。

這案子發生後，族裡的上上下下對於兇犯胡金牛的兇殘歹毒、禽獸不如，更是切齒痛恨了。尤其是失去兒子又失去兒媳的胡大娘，觸地呼天，披散著一頭稀疏的白髮，扯著她死去兒媳的手哭喊著，慘慘的禱告說：

「喜娘，我的好兒媳啊！妳是貞烈性子的婦人，含怨抱屈的死在那天殺的禽獸手上，那個千刀砍萬刀剮的畜生胡金牛，恩將仇報，殺害妳的丈夫金順，又行強糟蹋了妳，妳在地下有靈，該告陰狀，起旋風，也好引著快馬班緝兇的爺們，一舉緝獲兇犯，讓他橫屍伏法啊！」

馬兵侯景吾和胡五昇動身去縣署了，天色逐漸沉黯下來，捲著沙的風貼地吹颳，飢餓的烏鴉唰唰的撲擊著翅膀，在祠堂前的老榆枝上，祠堂的屋頂上嚎叫著。一群原就忍飢受餓的族人，聚在金順嫂停屍的廊房屋外，眼看著焚化的紙灰，黑蝶般的舞進渾沌的風沙裡去，一個個面對著那種天愁地慘的光景，陰鬱憤怒的眼裡，都迸出了火來。

族長隆爺更是如此，胡金牛的犯行，使他的心裡像油煎般的灼痛。人生在世上，披上這張人皮不是一宗容易的事，人可以咬牙忍受一切水旱刀兵的災劫，卻無法忍受人形的畜生胡作非爲，像胡金牛這種毫無人性，喪盡天良的禽獸，老天爺若留他活在世上，那，這就算不得是人間了！……黑紙灰仍在飛揚著，他乾涸的老眼裡，溢出悲憤的淚水來。

「胡金牛！」他挫牙說：「我伸長頸子，等著看你受報應，天若還有天理在，這現世報定會落在你的頭上的！有一口氣，我是看得到的！」

胡家寨的胡金牛逞兇施暴，連著幹出兩宗絕滅人性的案子，很快便傳佈到附近的村鎮去了。

在沙野上生活的人們，日子一向過得清苦單純，這些年來，鬧荒鬧旱的常有，鬧盜賊兵燹也都有的，但沒曾見過像胡金牛這種枉披一張人皮卻不幹人事的兇邪，因此，大夥兒只要蹲身談起他，無不大發恨聲，立誓要合力把他搜捕出來，送官究辦。其中像官家寨的官九爺，鄒家老莊的鄒大爺，好些主持地方事務的仕紳，都騎著牲口到胡家寨子來看望過隆爺。

依照官九爺的意思，認爲像胡金牛這種禽獸不如的東西，一旦捕獲了，根本不必送官，只要當衆用傳統的方法處斷就行了。

「這種禽獸，人人得而誅之，」官九爺說：「送官他也得死，不送官他也得死！他胡金牛一條命，橫豎是不夠抵帳的，捉住他就殺，最爽快！」

「對九爺您這股義憤，昌隆著實感激，」隆爺說：「但這宗案子既已報了官，縣署裡著令快馬班下來緝兇，咱們捉著人私下處斷，容怕不盡妥當吧？……當然，假如縣裡有通告，鼓勵民間協助緝捕，捉著金牛，死活不論，那又另作別論了！」

胡金牛犯下的第二宗案子——姦逼金順嫂自縊的消息，報到宋縣長那兒，縣署裡果真張貼了告示，希望民間協力緝兇，死活不論。但胡金牛犯案之後，又不知匿遁到哪兒去了？各處嘈嘈嚷嚷的拿人，卻沒有誰發現他的蹤跡，好像他別有神通，不知鑽進哪一處狐洞鼠穴去了?!

正因這樣，胡家寨的族人，心總是吊著。

「我說隆爺，咱們不能依恃馬班來緝捕金牛了！」胡五昇說：「日子朝後拖延一天，會起什麼樣的變化，誰也料不定，咱們趁著寨子還有一夥小弟兄在這兒，應該拉槍出去搜捕他，早攫著早安心。」

「話是不錯的，」隆爺說：「但則四鄉這麼遼闊，金牛的行蹤成謎，該從哪兒找起呢？閉上眼到處亂撞，那可不成，荒亂年頭，揣著槍出門，誰敢保險不會另惹上麻煩?!」

「目前金牛雖沒敢露面，但他決不會躲到天外去。」盛爺鬱鬱的思酌著說：「依我看，東邊鎮上那些黑道人物，極可能和他暗通聲氣；還有，就是大蘆塘那一帶荒野地，也是他匿伏的好地方，那兒旱河縱橫，沼澤相連，到處是野林和灌木，千軍萬馬都能藏得，甭說只是一個人犯了，……快馬班不能爲咱們去砍林伐樹找一個人的。」

「盛爺的想法不錯。」隆爺說：「族裡可以不動聲色，暗中差出兩撥人，一撥人到東面鎮上去走動；一撥人向西，在大蘆塘那一邊，找著一些散戶人家聊聒聊聒，人說：明查不如暗訪，等到探聽出一絲頭緒來，再做合力兜捕的打算不遲。」

事情就這麼決定了，胡五常領著兩個人，揣上短槍，到東邊集鎮上去暗中查訪；胡五昇、胡必定領著三個人，到西邊的大蘆塘那一帶去打聽。講妥若有消息，便差人回來通告，讓馬兵侯景吾轉知陳玉樓班長去緝捕。隆爺在他們行前，一再叮囑說：

「那胡金牛如今是必死的兇犯，後面別無退路了，人說：一個人發橫，十個人難當，你們若是圍捕他，他可是非拚命不可，這樣，即使能捕著，你們也會危險。所以我說：除非猝然對面，你們只要差人回來傳訊，一面暗中釘著他就行了，快馬班辦案多，經驗足，你們是不能跟他們相比的。」

幾個弟兄當時都答應了。他們都熟知胡金牛很難惹，他身體精壯得像隻小牛犢子，拳腳上也下過些功夫，尤獨是一身蠻力驚人，普通漢子擋不得他三拳兩腳，就算三五個合力，也難制服得了他。但胡五昇和胡五常幾個，都跟金順極爲投契，金順夫妻倆都死在胡金牛的手上，激使他們甘冒風險，也非要把胡金牛捆著不可；在路上，胡五昇就跟胡必定說過，必要時不聽隆爺的交代，先拔槍動手再講。

「胡金牛犯案後不走，居然回寨姦辱金順嫂，這點我始終想不透，」胡必定說：「按常理而論，一個人犯下人命案子，心虛情怯，躲都躲不迭，他哪會再潛回寨去，幹那種傷天害理的勾當？」

「世上事，不能都照常理推論，」胡五昇說：「假如人不反常，世上就難得發生罪案了。人的心性是變化莫測的，像胡金牛這種人，只能說他是發了獸性，哪條路反常，他偏往哪條路上走，常理用不到他的頭上。」

「我看，除非陰魂纏住他的腿，第二回犯案後，他該逃離縣境了，人再發瘋，也該知道命是好的，——仍按常理推斷。」胡必定說：「我這不是抬槓，不信，我把話說在前頭，——咱們去大蘆塘，準是白跑，連個鬼影子全看不到的。」

他們和朝東的一撥人分路後，走了三十來里地，又飢又渴，不得不在路邊的小土地廟旁歇下來，取出乾餅和飲水果腹。以他們幾個年輕輕的莊稼漢子，在平常，腿一溜，趕下三五十里地，根本不算一回事兒。如今熬荒把人熬得虛飄飄的，走起路來，兩條腿發飄打晃，瘦得像發透了的酒糟，兩眼青一陣黑一陣的飛著金蠅。

大蘆塘實際上只是一塊窪野，約佔十多里長，七八里寬，夏秋多雨季節，各處雨水沖匯而來，使它變成湖沼相連的澤地。澤地中間，夾有若干沙渚，突起的丘崗和多林莽的綠洲。有許多散戶分佈著，他們有的採擷觀音柳和野蘆桿編籃編蓆爲生，有的從事漁撈，有的牧養牛羊豬隻，有的打獵，也有的利用這塊複雜的地形掩護，嘯聚爲盜匪，但他們多在遠方做案，表面上分不出哪戶是良民？哪些是盜戶？真所謂五方雜聚，龍蛇混處。有許多重大的刑案，都把那兒當成可疑之地，卻很少偵破過，快馬班的陳玉樓班長慨乎言之，也直承那兒是最使他頭疼的地方。

他們走到天快落黑，才抵達大蘆塘的邊緣。

由於鬧旱的緣故，大蘆塘附近的溪流和沼澤多半乾涸龜裂了，遍地的野蘆和灌木也都乾枯了，泛出萎黃帶褐的顏色。偶有一兩處將涸的水塘，一大群飢餓的人湧聚在塘心撈取魚蝦，把塘水攪成一片混濁的泥漿，沉沉的暮靄也掩不住那份荒涼。

胡五昇盤算過，他們這趟出門，只帶了少數乾糧，鬧旱的日子不比尋常，只要有錢在身上，到哪兒都不愁吃喝。澤地的旱象雖比旁的地方略顯輕微，但也無法作較久的停留，因此，暗中查訪金牛的蹤跡，當然是愈快愈好。他想起西塘口有個楊斯必楊老爹，他是以編售蘆蓆和柳籃子爲生的人，常到胡家寨去做買賣，自己不妨領著兄弟，到他那兒借宿，藉機和楊斯必談談。西塘口是進出大蘆塘的孔道，有人從這裡進出，他極可能記得。

他把這意思跟胡必定商議，那個說：「我也是這樣想，西塘口靠這裡很近，天黑後，咱們也該找個地方歇腳了。五個陌生臉子，揣著槍結夥走夜路，弄得不好，容易惹人誤會的。」

掌燈時分，他們趕到楊斯必老爹那棟座落在土丘頂上的柴屋裡。楊斯必認得胡五昇和胡必定兄弟，一見面，就知道他們是為什麼來的了。

「你們敢情是爲了緝拿兇犯來的？」楊斯必說。

「不錯。」胡五昇說：「老爹您怎麼知道？聽誰說過胡家寨鬧出的案子？」

「你們難道忘了？好事不出門，壞事傳千里，」楊斯必嗨嘆一聲說：「前沒幾天，塘北的杜仲夫騎牲口去東邊鎮上看病，回程經過這兒，把胡金牛做案的情形，都仔仔細細的跟我說了，當時我就猜到，你們寨子會放出人來追捕那個惡棍的，果不期然，你們這麼快就踩下來了！……那個杜仲夫嗜賭如命，他跟胡金牛還曾是一把子兄弟呢！」

「杜仲夫？」胡五昇皺眉說：「我不認識這個人。」

「講起來，你應該曉得。」楊斯必說：「杜仲夫那個老婆，是賭場上石三的堂姐，原先嫁給姓康的，後來姓康的跟人結仇，挨了黑槍，那女人便拖著她的女兒回娘家住，在石三的賭場裡管帳。」

「嗯，」胡五昇聽著，心裡一動，嗯應說：「石三的賭場，寨子裡的人多半知道，金牛離寨之後，一直是在那邊混的。」

「杜仲夫的尾巴根子，瞞不了我！」楊斯必說：「他早先也是石三賭場上的常客，把祖上留下的兩塊灘地都變賣了，流水送上賭桌，要不然，那個賣騷的寡婦會投懷送抱跟他過日子？……她是見著姓杜的出手闊綽，以為他是不得了的大財主呢。」

「姓杜的既然知道胡金牛是殺人兇犯，他該不會收容他吧？」胡必定說：「儘管他們是把兄弟，扯進這個漩渦可不是鬧著玩的。」

「杜仲夫倒不會。」楊斯必說：「但他那個老婆就不敢講了，……她跟胡金牛認識在先，胡金牛在犯案前，常到杜家走動，多半是衝著她來的，這種事情瞞不過人的耳目，只有杜仲夫那個癆病鬼蒙在鼓裡罷了。」

楊斯必這個老頭兒，是個鰥居多年沒兒沒女的孤苦人，平時埋著頭編籃編蓆子太寂寞，一旦遇上熟悉的人上門，就犯了人老嘴碎的老毛病，無意中把杜仲夫這條線索給抖露出來。胡五昇為人一向心思細密，較有計算，他認為胡金牛既沒遠遁，必定在附近有窩藏的地方，東邊鎮上雖有他的朋友，但那邊耳目眾多，極易暴露行藏，只有荒鄉僻角才是暫時藏身的所在。石三那個堂姐，是個騷媚入骨的老尤物，守寡後的豔聞，變成附近各村寨人們談論的話題，有人說她癖愛年輕力壯的，怎會看上杜仲夫這個癆病鬼？他越想越覺得這裡邊另有文章，而且極可能和胡金牛有關。

趁明兒，我該先到塘北去看看。他想：也許能瞧出一些眉目來，假如杜仲夫兩夫妻跟胡金牛有些拉扯，胡五常那撥人也許會在東邊鎮上挖出更多的底細來的，這就是分頭進行的好處。

從楊斯必嘴裡，他探問出杜仲夫的生活情形。塘北有兩條延伸到塘心去的沙渚，鄉民稱它叫夾灘，杜家住在兩條沙渚相連的叉口兒上，遠近的野林和灌木，把那宅院密密的圍繞著。杜仲夫的上幾代，都靠撈魚和打獵維生，等到杜仲夫手上，便開墾了兩塊肥沃的灘地，點種瓜果蔬菜，俗稱灌園子。灘地近水，澆灌方便，瓜果菜蔬的收益很可觀。

按理說，他該很有些積蓄，但他又貪杯，又嗜賭，更戀著街上的野花野草，隔不上十天半月，就要揣上辛苦積賺的錢，騎著牲口到鎮上去酗酒賭錢，尋花問柳。過不許久，跟若干黑道人物交結，又學上了吸食鴉片。人再是長鐵打的金剛大漢，酒色過度，一樣會把人內裡掏空，變成虛虛軟軟的人殼子，何況他吸上鴉片，對身體的戕害更加一等。這樣耗得久了，杜仲夫便患上了肺癆症，臉色青白如紙，騎在驢背上像紙剪似的，彷彿只要起一陣大風，就能把他吹上天去。

楊斯必那張嘴碎碎叨叨的，說話像剁肉圓般的細緻。他說起杜仲夫自己戕害自己，始終沒吐出一個悔字，對於酒色和賭，更加迷戀起來。有時到東邊鎮上去，一住就是一兩個月，賭本不足，立擄借債；身子的本錢不足，全靠壯補的藥物催提精氣。人說得上肺癆病的人，會有一種反常的亢奮，杜仲夫就是那樣跟石三的堂姐勾搭上的，結果他娶了她，還拖來一個十五六歲的拖油瓶閨女康巧珍。……也許杜仲夫仗恃藥物撐腰，才暫時降得住那個寡婦的吧？虧蝕本錢的買賣，怎能天長日久的維持下去？再說，那婆娘穿吃花用都講究慣了的，杜仲夫並不是富裕的肉頭財主，爲了供養她，不得不把辛苦開墾出來的果木園子，零敲麥芽糖一般的分售給左近的農戶，就這樣，那婆娘還不愜意，經常穢言穢語的口出怨聲，埋怨杜仲夫算不得男人。杜仲夫三天兩頭跑，去配製壯補藥物，可憐補的不夠耗的，把骨髓都榨乾了，也止不了那寡婦的饑渴，壓後還是吐血見紅，哼哼歪歪的病倒下來。

這當口，杜仲夫的那夥酒朋肉友，前前後後，陸陸續續的都來看望過他，像黑磨盤朱五，賭場的石三，綽號九餅的王麻子，有的來過一回，有的來過兩趟，只有胡金牛以病家把弟的身分在杜家盤桓下去，他替杜仲夫照管園子，上鎮抓藥，一住就是多天。

「據杜仲夫說，案發後，胡金牛並沒到他宅裡來。」楊斯必最後說：「但我總認爲，只要那兇犯還沒有遠走，早晚他仍會轉到杜家的。事情明擺著，——金牛常來杜家打轉，必有所圖，究竟是圖人？圖財？還是圖旁的什麼？我們局外人不得而知。」

「我想，我們會盡力打聽清楚的。」胡五昇說：「寨子裡這回差出兩撥人，五常領的那撥人，正在東邊鎮上挖根刨底呢。」

胡五昇料想的不錯，在東邊鎮上，胡五常率著的兩個兄弟，很快就找出一條線索來。石三所設的賭場附近，有個賣夜食的擔子，挑賣捆蹄燻燒肉之類的食物，這擔子的主人老何，跟胡家寨這一族沾點兒親戚關係，胡五常和同輩兄弟都稱他爲老表叔。胡五常一到鎮上，就找著了老何，當天夜晚，他買些酒和菜，和這位老表叔喝著聊上了。

老何平素好喝幾盅老酒，賣夜食的行業，使他接觸的人多，聽到看到的也比平常人多，胡金牛殺害金順的血案發生後不久，消息就傳到他的耳朵裡了。

「快馬班的陳玉樓，曾來踩過案子。」他說：「但他再怎麼問，也問不出什麼來，這兒的人，黑道上的怕惹上麻煩，有話也不會抖露，一般百姓，既怕官府，更怕胡金牛那種兇神惡煞，誰願意多事?!」

「其實，胡金牛在石三的賭場裡混過很久，他平素交結的哪些人物，想瞞也瞞不住的。」胡五常說。

「是啊，」老何說：「陳玉樓問過石三本人，也問過黑磨盤朱五和他的嘍眾，但他們都是一向搖頭三不知，說是案發前有交往，不錯，案發後卻沒見到他。陳玉樓明知他們說的話不可靠，但也沒有辦法，那些人沒犯法啊！」

「老表叔，咱們是自己人了。」胡五常說：「胡金牛殺害金順在先，又姦辱了金順嫂，逼得她吊死在祠堂的老榆樹上，這種做法，天地不容，即使官府不緝捕他，咱們也不能容他逍遙法外的。」

「若是單捉胡金牛這個畜生，事情就簡單得多了。」老何擠著眼，沉鬱的說：「胡金牛再蠻橫，也抗不得合眾圍捕的，但這裡頭另有牽扯，原因複雜。有些話只是猜測，找不出真憑實據，官裡詰問，沒人敢說，就連背地裡議論，也怕風傳出去，招來殺身橫禍，……這些按兵不動的黑道人物，胡家寨的人未必招惹得起啊！」

「胡金牛殺兄姦嫂的事，難道和黑道有關？」族裡年輕的小兄弟震南說。

「那倒沒有什麼關聯，」老何說：「不過，胡金牛跟那夥人的關係很深，確是真的！鎮上人全都知道，他跟石三的堂姐，康家的寡婦有一腿，那寡婦後來嫁給他的把兄杜仲夫了。……我這些話，只能私下跟你們閒談談，千萬不能對外傳揚，否則，你們老表叔這個吃食擔子，就無法挑出門了。」

「杜仲夫這個名字，我沒聽人說過。」胡五常說。

「不錯，」老何說：「在賭客眾多的石家賭場裡，他只是一個害肺癆病的，不顯眼的賭客，他若不是娶了石三的堂姐，真還沒有幾個人知道他的名字呢！」

「姓杜的跟金牛有什麼樣的關係？」

「倒不是跟胡金牛一個人有關，」老何說：「他跟黑磨盤那一夥子都有關係。黑磨盤朱五，賭場的石三，九餅王麻子，胡金牛這四個人，據說曾經聯手幹了幾票大案子，杜仲夫是替他們看管水子錢（即捲劫所得的錢財）的，他是五個把兄弟當中的老二。這幾宗案子所得的錢不在少數，由於分贓不均，窩裡雞鬧起意氣來，不止一次，他們喝醉酒之後激烈爭吵過，但仍沒有結果。做老大的王麻子便提出來，這筆錢暫時不動，由杜仲夫保管著，等日後再講。石三不放心姓杜的，便慫恿著他那做寡婦的堂姐嫁給杜仲夫，好把他釘牢。王大麻又不放心石三，差胡金牛去釘牢姓杜的夫妻倆。而胡金牛和杜仲夫的老婆原就夥穿一條褲子，想吞併這筆水子，王麻子和朱五耳聞著風聲，放話要整倒胡金牛。胡金牛抗不住，才回到胡家寨子，要跟他們打伙到外縣去謀活，其實，謀活是幌子，避避風頭是真的。」

「嗯，聽起來，原因真夠複雜了。」胡五常說：「不過，那胡金牛既然要去外鄉避風頭，爲何半路上要鬧搶劫？又要殺害金順呢？」

「事情很明顯，」老何說：「他是花銷慣了的人，搶劫是真的，但他沒料到金順會把他捆上，要送回胡家寨子，按族規處斷，他並不怕，他怕黑道上不放過他，會取他的性命，他殺金順，只是圖逃。」

「圖逃就該逃才對，」胡五常追詰說：「事實上，他並沒急著逃走，反而潛回寨裡去姦辱了金順嫂，這就讓人想不通了?!」

「其實也不難想得通，」老何說：「胡金牛逃走後，十有八九跟他的姘婦見過面，想拐帶那筆黑錢，雙宿雙飛的逃到外地去，杜仲夫的老婆卻一時取不到那筆錢，胡金牛又不甘心空手逃走。他一天不逃，九餅和黑磨盤手下的爪牙就不會放過他，我猜想，他是橫下心幹出駭人聽聞的大案子來，讓縣署加緊緝捕他。因爲快馬班放下來拿人，一定會在九餅和黑磨盤身上找線索，在快馬班監視之下，黑道的那批人不敢亂動，他才有逃走的機會，——在胡金牛的心眼裡，知道他底細的黑道人物，要比快馬班難對付得多，他寧願案上加案，冒死碰運氣，卻不願被他那兩個把兄捉著，那他就毫無生路了。」

「老表叔，經您這麼一說，我也想通了。」胡五常說：「只是九餅王痲子和黑磨盤朱五兩個，既然恨著胡金牛，就該託人透露線索，使快馬班能及時緝獲兇犯，他們那筆水子，不就沒人再謀算了?!」

「這種線索，他們敢提嗎？」老何說：「弄得不好，會一窩老鼠下湯鍋，五個把兄弟一道兒鋃鐺入獄的，連那筆黑錢，也會起出來充公，他們決不會提的。」

「說得也是。」胡五常點頭說：「走黑道的，有他們自己的規矩，無論內裡鬧到什麼樣的程度，也不沾官府的邊。只不知您的這些消息，都是從哪兒得來的？」

老何是有了七分酒意了，說起話來，才會不顧慮，他認真的說：

「我的好侄兒，你們老表叔我，可不是大睜兩眼打謊的人，那些無根話，我決不信口開河亂講的，——這些話，都是黑磨盤手下人無意中透露出來，我親耳聽著的。如今，胡家族裡的人，縣署的快馬班，各地的聯莊會，黑道上的人物，都在緝拿胡金牛，我當然願意他落在你們手裡，至少，縣署捕獲他，胡金牛死得不會太慘。他雖是幹了禽獸的事，他仍然是我的表侄，如果落在外人手裡，千刀砍，萬刀剮，我仍不忍心啊！」

「老表叔您放心，」胡五常說：「有了這條線索，我相信族裡人會捉到他，至少，縣署的快馬班也會有緝獲他的機會，也許因爲胡金牛的案子，牽出一些鄰近城鎮被搶劫的老案，把那筆贓款起出來，充公也是好的。」

「那當然最好了。」老何說：「不過，你們千萬甭對外透露這線索是誰講的，要不然，我這條老命就丟定啦……那些黑道上的人，不會讓我活的。」

「我們怎會牽累表叔呢?!」胡五常說：「您這些話，咱們回去只跟隆爺說，做族長的隆爺辦事素來穩重，他會有適當區處的。」

胡家寨放出去的兩撥人，兩天後都回到寨裡來了。

隆爺在祠堂裡召聚他們，詢問踩探的情形。胡五常就把得來的線索稟知隆爺，胡五昇得到的雖沒有那麼詳細，卻也隱約透露出杜家夫妻倆和胡金牛有關。此外，胡五昇曾經親到杜宅，裝成迷途的路人，向杜仲夫的老婆問路討水喝，暗中看過動靜。他跟隆爺說：

「我去杜家宅子裡問路，並沒見到害肺癆病的杜仲夫，他老婆和那拖油瓶的閨女巧珍，我都見到了。那個婆娘的身材面相，真是夠風騷的，那個拖油瓶閨女，看來也有幾分像是她媽，為怕打草驚蛇，我當然不敢多問什麼，至於金牛是否會藏匿在那裡，看不出跡象來。」

「這倒不要緊，」隆爺說：「不過，你們得來的線索實得太可貴了。有了這條線索，我敢說，只要轉知快馬班，嚴密佈置，加上民間的配合，佈下多層密網來，緝捕兇犯，胡金牛總會落網的。」

照著隆爺的決定辦事，快馬班在陳玉樓和趙剛的率領下，第二天就到了胡家寨。陳玉樓班長研判了這些線索，決定分約官家莊的官九爺、鄒家老莊的鄒大爺，會同胡昌隆隆爺，一道兒商議捕拏兇犯的方法。他說：

「依晚輩的看法，咱們不必先搜查大蘆塘北邊的杜家宅子，只要遠遠的佈網，暗裡監視著。我想，快馬班一離開東邊鎮上，九餅和黑磨盤兩個就會趁機會派人到杜家來，讓他們先入宅子鬧開來，咱們再撲進去搜查，人贓併獲，數案齊破，那是最好的事了。」

「班長說得有道理。」官九爺說：「胡金牛要是不在杜宅，咱們也沒白費工夫，至少把前些時捲劫的案子先破掉，懇求縣長用那筆贓款購糧賑災也是好的。」

「佈置捕人的人數，在精不在多。」趙剛說：「若把鄉民都聚合了拉出去，九餅和黑磨盤反而不敢動了。如今，諸位只要各自精選三五個年輕力壯槍法好的，配合快馬班，在大蘆塘北設伏就行，等到那批黑道人物進入杜家宅院，鬧開之後，咱們再圍上去，捉人起贓。」

也許大家都急著要看胡金牛落網吧？緝捕兇犯的人選很快便聚齊了，他們趁著黑夜，分成小股出發，朝西拉向大蘆塘，事先約妥的地點去埋伏去了。

班長陳玉樓除了帶一名便裝的馬兵之外，由熟悉路徑的胡五昇帶領著，經過一夜的奔波，在天色微明的時分，抵達了大蘆塘北的夾灘，找一處灌木叢，蹲下身來。那兒距離杜家的宅子不遠，撥開灌木的梢尖，便能看到杜家門前那條小路，若是有人進出，決難逃過他們的眼。

「我說，陳班長，您真相信九餅和黑磨盤他們會下鄉來嗎？」胡五昇悄悄的說。

「你等著瞧好了。」陳玉樓說：「我辦過的刑案很多，猜測的事，八九不離十，我估計天色大亮之前，他們就來了。」

陳玉樓不愧是專辦刑案的老行家，在他計算中，把東邊鎮上到胡家寨這段多出的里程都算進去了，說到曹操，曹操就到，他說話不久之後，一群騎牲口的傢伙就出現在眼前啦！

這群人約莫有十七八個，有的騎馬，有的騎著驢和走騾。天光逐漸轉亮，胡五昇看出九餅王麻子和黑磨盤朱五兩個，都催著牲口走在前面，看光景，陳玉樓是猜對了。他屏著氣沒出聲，直等那群人走過去，才轉臉望著陳玉樓班長說：

「我可沒想到，九餅和黑磨盤會親自下來。」

「嗯，」陳玉樓嗯應一聲說：「這個，連我也沒想到，看光景，他們是想起贓款，拔腳離開這兒，轉碼頭到外地去混了。……胡金牛的案子牽連上他們，他們不得不換地方，你該知道，九餅王麻子原是外地來的，他的老巢在北邊。」

「您想胡金牛當真會匿藏在杜家嗎？」胡五昇接著問說。

「目前還不敢講，」陳玉樓說：「不過，他們來起贓是錯不了的，即使胡金牛不在，他們也會逼著杜仲夫的老婆，說出胡金牛藏匿的地方的。」

這時刻，那群人業已圍到杜家宅院門口，咚咚的開始擂門了。由於隔著一道枯木林子，看起來有些影影綽綽的不夠清楚，只看見門開了，杜仲夫的老婆便被人一把搙了出來，一個聲音潑吼著：

「說呀，妳這個沒廉恥的騷貨，妳把胡金牛藏到哪兒去了?!」

女人的聲音更尖亢了：

「哼！你們磕頭燒香的一拜兄弟都不知道他的行蹤，憑什麼跑來逼問我？人說，把兄弟，狗臭屁，半點不假，我要找石三，要他評評這個理。」

「妳甭以爲妳是石老三的堂姐，就以爲有了護身符了。」九餅王麻子的聲音有些陰沉沉的：「老實說，石三也不夠意思，他用妳嫁給杜仲夫，這著棋是什麼意思?!……老子們不是三歲孩子，會看不透他的心思?!杜仲夫人呢？他在哪兒?!」

「……」女人囁嚅的說些什麼，根本聽不清楚。

「妳說杜仲夫出門了?妳是在騙鬼！」黑磨盤朱五在一邊大吼起來，啪的一巴掌，打得那女的半偏著上身，用手摀住臉：「妳該不會夥同姦夫，把妳那生肺癆病的漢子給做掉了吧？」

胡五昇聽著，不禁回望班長陳玉樓一眼說：

「乖隆咚！事情愈來愈扯不清了，那女人當真會夥同胡金牛，謀害她那生病的丈夫？姓杜的一死，那筆水子錢不是成了謎了嗎？」

「她不會那麼傻，」陳玉樓說：「她若不先弄清楚藏款的地點，決不會動手謀害掉杜仲夫的。」

「咱們什麼時刻撲上去呢？」胡五昇說。

「暫時還不能動。」陳玉樓說：「等著再講，橫豎這幫傢伙，一個也走不了的。」

他們耐心的等著，在夾灘四周埋伏的人，也都沒有動。九餅和黑磨盤這夥人，一點兒也不知道他們已陷身在官兵聯手佈妥的羅網裡。只是九餅王麻子比較著急，他老謀深算的對黑磨盤朱五說：

「老弟，咱們不能跟這淫婦再耗下去了，快馬班的陳玉樓極爲精明，焉知咱們夤夜奔來，他不會著人釘梢？於今之計，找到杜仲夫，起了款，用罷早飯，咱們就得動身啦！」

「動身是一回事，」朱五說：「胡金牛這傢伙，咱們萬萬不能放過他，如今他重案在身，正是發瘋豁命的時辰，這筆錢原有他的份，咱們就是分了，日後他也會追上門，不把他做掉，咱們無論走到哪兒，睡也睡不安穩。」

「看樣子，不用跟這淫婦多費唇舌了！」九餅王麻子指著那女的說：「不給她一點顏色，她是不會學乖的，來人！……替我把這淫貨剝脫乾淨，捆在驢槽邊，我用溼水的皮鞭問她！」

女人也夠施蠻撒潑的，儘管她已落在一夥蠻漢的手裡，但她一點也不服輸；當幾個壯漢動手撕扯她時，她哭鬧著，尖叫著，又抓又扯，又踢又咬，但那種掙扎起不了多大的用處，她那一身的衫褲，很快便變成一些飛舞散落的碎布，不一會兒，連紅綾抹胸和下身小衣都扯落了，裸露出一身白肉。那些嘍眾把她像捆豬一般的捆在驢槽邊，拴在繫牲口的木樁上，另有兩個漢子，抬來半桶水，把一條皮鞭浸進去，放在王麻子的面前。

王麻子臉帶著一臉邪淫又猙獰的笑意，並沒有急著抓起鞭子，卻緩緩的跨步上前，仔細端詳著女人，帶著一種甜甜的威嚇說：

「怪不得石老三把妳當成一著棋走?!原來妳硬是貨真價實的浪貨。」

他停住話頭，伸出手去摸捏著，又說：

「妳這身細皮白肉，硬要討一頓鞭子，究竟是何苦來？只要妳供出杜仲夫的下落，那筆水子錢的藏處，胡金牛的行蹤，我不但不動手，還會給妳點兒好處，——不嫌我這張麻臉，跟我過日子，也是一樣的。」

「要說的，我全說過了！」女人仍然很倔強：「杜仲夫出門去了，藏款的地方我不知道，胡金牛跟我沒拉扯，我怎會窩藏他？你們甭說拿鞭子威嚇，就是把我剮掉，剁掉，也還是這幾句話。」

「哼！妳倒真擰得很！」王麻子臉色逐漸僵凝起來，緩緩的抓起鞭柄子。他是不動則已，一動起手來，就是一陣狂風暴雨。鞭梢在半空裡蛇游著，唰唰的鞭雨落向那女人的嫩白裸肉，打得那婆娘連喊都喊不迭，眨眼工夫，他抽打了七八鞭，雪白的人體變成一塊含青帶紫的橫紋花布了。女人的慘號聲，使門裡衝出一個女孩來，那正是康寡婦帶來的拖油瓶閨女巧珍。

巧珍披頭散髮的奔出門來，並沒撲向她那被鞭打的母親，卻跪在場子中間，哭喊說：

「你們不要再發威施橫了，你們這些混世的大爺們，你們誰是人呢？誰算人呢?!什麼一把子兄弟？什麼恩愛夫妻？全都是說得好聽！有人爲錢財，有人爲私慾，都是無情無義沒心肝的畜生！……杜仲夫死了！被她——」她回手指著全裸著身子被鞭打的女人，咬牙切齒的說：「被她夥同姦夫胡金牛，深夜裡用石灰包套著頭扼死的，屍首就埋在屋後棗樹邊。你們搶劫來的那些骯髒錢，都藏在西屋的夾牆裡面。胡金牛那個天殺的，正躲在地窖裡，他怕我看著這些秘密，會講出去，前天夜晚把我姦辱了，幫他忙的，竟然是生我的人，我這是告狀嗎？……你們也配?!你們全是披著人皮的賊禽獸，起了贓，等著砍頭吧！」

她這樣慘慘的喊著，聲音頓然停了，一把利剪，經她合抱的雙手插進她的胸窩去，鮮血便冒湧出來，順著她的指縫朝下淌。

旋風般的出現，慘切的嘶喊和突然自盡的巧珍，使這群盜匪都變了臉色，但那只是一剎的工夫，他們便忙亂起來，紛紛掏出短槍和匕首來，去圍住設在宅邊的地窖。

忙亂中，兇犯胡金牛猝然衝了出來，他像發瘋的牛，撞進一夥強盜群裡，揮動他手裡的短刀，正因這樣，盜群不敢開槍，有一個傢伙撲過去抱住他的腿，另一個抱住他的腰，胡金牛回手戳倒了抱住他後腰的，他自己也被拖跌在地上，黑磨盤朱五這才開槍打中他的右肩膀，過去踢飛他的短刀。九餅王麻子過去拎起他來說：

「好啊，胡金牛，人都說我王麻子心狠，沒想到你的心比我更黑百倍，老子今天倒要親眼瞧瞧，你的心黑成什麼樣兒?!」

他扳住胡金牛那隻中了槍的胳膊，盡力拗曲向他的背後，橫著匕首在胡金牛的左胸肋骨間一抹，然後著人在胡金牛的背上踢了一腳，卜的一聲，胡金牛的那顆心便從胸腔裡迸了出來，落在他的手掌裡了。

「老子要吃掉這顆心壯壯膽子！」他嚎笑說：「把胡金牛這副沒有心的人殼子，吊掛在樹椏上，等著快馬班來收拾吧，陳玉樓只要有了兇犯的屍首，交得了差，就不會再苦苦的追緝咱們啦！」

「這女人怎辦？」黑磨盤說。

「你說怎麼辦?!」王麻子說：「她謀害親夫在前，又夥著姦夫逼姦她的骨肉，這婆娘的心，要比胡金牛更狠更毒，她那顆心，留著你吃吧！」

王麻子像一匹餓狼般的生啖人心時，四周的槍聲響了，大批設伏圍捕的官民，無數槍口指向了他們，這當口，黑磨盤朱五的匕首剛插進那女人的心窩，人心的滋味還沒嚐著，就已經束手就擒了。

案子結束得夠快的，但現場的光景極爲淒慘。橫屍場中的巧珍是被害的可憐人，澤地的居民替她收殮，捐了一口很像樣的棺木。被挖了心的胡金牛和被開了膛的寡婦，都橫在快馬班的馬背上運進縣署去了。杜仲夫發臭的屍體，也被挖掘出來，石灰蒲包還勒在頭上。

夾牆被搗開後，取出來的贓款數目，足夠購買四萬多擔賑災的糧食，無怪縣裡把這夥強盜都判了死刑，連賭場老闆石三也沒能逃過。

事後，胡家寨的人們談論起這件事，都異口同聲的感嘆著，變邪了的人心實在太可怕了。隆爺說：

「本來就是，世上最兇的，並不是豺狼虎豹，猛獅巨象，實在是人模人樣的人禽啊！」

有人提起生啖人心的九餅王麻子，隆爺說：

「王麻子算什麼？他的心，也只配餵狗的！四鄉八鎮，熬荒能熬死上千上百的人，他卻把捲劫的錢放在夾牆裡，貪圖躲在半邊獨享，若沒有那筆巨款，也不會引動一批貪婪的人，幹出禽獸不如的案子，丟掉這些性命了！」

也許是巧合吧，旱災過後，王麻子被槍斃了，死後真的犯了天狗星，——一群野狗刨開了他的墳墓，把他那顆心連同五臟六腑，拖啖得乾乾淨淨，這巧合，使人禽的傳說，更被人們深信不疑啦！

野市

古老的靈溪從遠處流過來，當它流進百里大荒，它就變成蠻野的大河了。河水捲挾著黑沙，撞擊著河心無數板岩質的峭石，激起嘩嘩四濺的水花；那些峭石不像圓形漂石一樣的順服，它們層層逆疊著，怪異多稜的石角直刺天空，像一排排野狼的銳牙。

在百里大荒裏，靈溪兩岸的風物也是悲哀荒涼的；一望無邊的黑土地上，到處舖展著砂石稜兒，大的像碗盞，小的像鵝蛋，石面粗糙，留著蜂窩似的孔穴；地質堅硬的插不進犁尖，只生些野蘆野草；風吹草動，在起伏的草浪裏，常見到獵物急竄時脊毛的光亮，像一道飛滾的煙塵。

那一片十幾里寬長的蘆草地，就是各族每年紛爭的獵場。由於黑土不出糧，經過多代墾出的田地，每季每畝只獲四斗糧，龜石地附近的各族人們，都靠著行獵來捕收成的不足，每年秋天起，在靈河岸附近開設的皮毛野市，和放車來的皮毛販子們交易，用各種毛皮換取錢幣、火藥、牲畜以及日用的物品。

當小犢般的鐵子在峭石灘頭小茅屋長大時，關於獵場的紛爭就越變越兇了。西鮑村的鮑家一族，原是龜石地各族人口最多的大族，自打鮑小閻王接他爹的銃，當了西鮑村的獵戶頭兒之後，各族都該有份的獵場就成了鮑家的私地，誰想進獵場，誰就得鬥一鬥遠近聞名的鮑小閻王。

小閻王說過：「獵場靠在西鮑村，不姓鮑也姓鮑！誰要不服這口氣，拳頭上見見高低，贏了我，獐貓鹿兔恁你打，背不動，西鮑村有人幫你抬到家，輸了，只好眼望望，滾到別處去打獵，沒人搶你的皮毛！」

鮑小閻王放了話，各族的小夥子們全蹩了，沒人敢招惹那位人王。鮑小閻王橫高豎大的個頭兒，大腿粗過旁人腰桿，不論槍法、擲攮子、甩響鞭、摔跤哪一門，誰也比不得他。就這樣，人們斜著眼把獵場讓了，另找遠處的小荒盪兒打獵，這邊一響銃，獵物就飛竄到鮑家的獵地上去了，一年獵得的幾張皮毛，上了野市，頂多賣回火藥錢來。

幾年裏，也有人悶不過，找鮑小閻王去講理，小閻王捋起袖口，把砵大的拳頭送在人鼻尖上說：「這就是理，你贏你有理，我贏我有理，講理不講理，一概隨便你！」

理既講不通，也有人試過拳頭，三個旁族的獵戶和小閻王放對，只有一對半是鼻青眼腫。

那年鐵子十八歲了。

峭石堆離鮑家的獵場很遠，鐵子他爹不用跟鮑家爭這口閒氣，他獵的是黑水獺。誰都曉得水獺皮價錢昂貴，連紅狐也望塵莫及。每年只消獵得三幾張水獺皮，就不愁一冬的油鹽柴米。南邊的龜石地上，也常有獵戶過來獵水獺，鐵子他爹非但不排斥，反騰出原屋來讓客歇腿，要茶有茶，要酒有酒。

東祁村有個紅眼祁老四，每年都來，鐵子管他叫祁四叔。今年來時，額角貼著膏藥片兒，走路腿也有些打拐。到了鐵子家，屁股一黏板凳，就抱著頭嗨了口氣。

「祁四叔，您怎麼了？」鐵子說：「沒開銃就抱頭，嗨聲嘆氣的，也不圖個吉利！」

「甭談了，你祁四叔叫人打了！」祁四一連嘆了好幾口氣，把腰全嘆彎了：「其實呢，我四十出頭的人了，不該跟鮑小閻王嘔氣，荒盪兒裏雖沒官府衙門，人跟人相處，總得講個『理』字，獵場不是西鮑村一族的，鮑小閻王憑他拳頭硬，說佔就給佔了，這叫什麼話?!」

「祁老四，說話別嚷好不好？」鐵子他爹笑說：「鐵子又不是鮑小閻王，你沒頭沒腦，漲粗脖子窮嚷，像跟他吵架，你又不定要在那邊行獵，他佔他的獵場，你獵你的水獺，跟他鬥什麼氣？」

「噯，話不是這麼說，」祁老四氣憤的眼直擠，直著喉嚨說：「您要遇上不平事，聽見那些混賬言語，我不信你會縮頭不管事？自打天上的流星落靈溪，隕石神龜下了地，龜石地就靠一個『理』字，他鮑小閻王硬使蠻，旁人是畏邪怕惡不出頭，我祁四只有出頭捱頓打！我拳輸理不輸！說給你爹倆評評看。」

祁老四怎麼長怎麼短一說，鐵子蹦起來了。

「走，走！祁四叔，我跟你去！」

「算啦罷，鐵子！」祁老四說：「不錯，你精強結壯像隻犢兒，但還沒脫奶腥氣，依我看，去了也是白挨打，再等兩年看，四叔我說能打，你再去也不晚！」

「你這野小子！」鐵子他爹罵說：「你要皮癢不聽話，我就先拔掉你那層皮，你只管掄銃獵你的水獺去，有我在一天，沒你管的閒事。年輕人，不定性，你多積幾張好皮毛，娶個媳婦是真的。」

鐵子挨了罵，抿著嘴不作聲了，祁老四苦笑著，聳了聳肩膀說：「你爹禁著你，這個忙我幫不上，依我看，你還是定下心，算了吧，即使再過兩年，你也不定能鬥得過鮑小閻王。」

「我管鐵子，倒不是怕他吃虧上當，」鐵子他爹叭著煙說：「我這大半輩子，不是沒遇過強梁霸道的，拳沒打，袖沒抹，也過了，沒人掐我一塊肉去！我不准他發野性，強項人一時討得便宜去，終久還會吃虧！」

天過了白露，龜石地的皮毛野市開場了。

南邊來的獵水獺的人全捲了舖蓋，挑了硝好的皮毛去趕市，鐵子一季獵的豐，硝了六、七張水獺皮，平常趕市全是爹出門，自己從沒去過，今年爹在峭石上跌傷了骨拐，只好自己上市去賣皮毛。

「初出門，學著點。」鐵子他爹交代說：「凡事多聽你祁四叔的話。野市上的皮毛攤兒，全是劃定的，祁四叔他會關照你，對面就是西鮑村的攤位，遇著他們退一步，千萬不要鬥嘴磨牙。野市南三里梁家舖，是你外公家，你媽死的早，不要把親走淡了，留張皮毛換些煙和酒，順便去送份禮，也讓你外公瞧看瞧看，你到底長好高……」

祁老四帶著鐵子上路了，鐵子攫住機會出門，歡得像條沒鼻拘的牛，晃著肩膀走路，把舖蓋捲兒和皮毛弄得亂晃亂搖。

早年媽沒死，也帶鐵子走過這條路，俗說：「寧走十里光（註：平坦的大路），不走一里荒」，這到野市南的梁家舖，至多不過卅里光景，一路上砂稜稜的，比百里還難走，媽死後十來年，鐵子就沒去外公家，恁是記性再好，也只能記得一些淡淡的影子罷了。記得龜石地上，兀立在河邊的黑石龜，記得梁家舖門前一排楊椏樹，樹蔭下架一排獨木挖成的驢槽，表妹靈娃兒常愛爬在驢槽上，揮著樹枝信口唱唱。不知在哪片稀落的林子邊，有棵頂兒尖尖的響鈴樹（註：白楊。）樹前有座土地廟，人在那兒招手望，能望見夕陽下西鮑村參差的脊瓦。

「噯，鐵子，咱叔侄倆把話說明了。」走在半路上，紅眼祁四想起什麼說：「他鮑小閻王強佔獵場，揍倒旁族的人，今年野市開場，各族全聚了頭，說不定會商議著，硬拉他理論。總而言之，無論出了什麼事，你可不能亂加一槓兒，你爹把你交給我，我就不能讓你拐著腿回去。」

鐵子笑出一口野性的牙：「我也跟四叔說明了，要是有誰當面欺負您，我就不認得他閻王不閻王了！四叔您甭談這個事，越談我火氣越冒得高！」

「野市設在林子邊兒上，」祁四岔開話頭說：「到那兒之後，先按往年的老例，劃地打樁，搭好棚屋，皮毛一天不脫手，就得守著攤兒等交易。」

「我說鐵子，」前頭走的二疙瘩說：「你這是初出門賣皮貨，不知你爹交代過沒有，規矩可多了。今兒離開市還有兩天，開市後可真夠熱鬧。你出攤子之前，先得到香棚去，買兩把香燭燒。一把香燭燒給黑石神龜，一把香燭要燒在土地廟上，邊燒香，邊磕頭禱告……」

「禱告什麼呢？」鐵子津津有味的歪著頭聽，直有些兒聽迷了。

後面的祁老四猛可的大笑起來。

「四叔您笑什麼？」

「我笑你是個傻蛋。」祁四說：「禱告是個人心裏的事，哪有問人的。」

「噢！」鐵子叫說：「我曉得了，頭件事，我求神龜保佑我爹身子好，骨拐的傷疤早些脫掉。二件事，我求土地爺幫忙，把水獺攆到峭石堆上去，太陽底下睡覺，好讓我多得些皮毛。三件事，我求有一天，眼看鮑小閻王再被祁四叔您給揍倒。」

「算了，算了！」紅眼祁四說：「論理我不輸，論拳頭，我算被鮑小閻王壓倒了，一回打的我拐了三個月的腿還不夠?!你還有心腸拿我開心哩?!」

「我不是開心。」鐵子說：「鮑小閻王要不動手再打您一回，爹跟您不會讓我動手去打小閻王了！二疙瘩叔，您說對嗎？」

「對是對了。」二疙瘩說：「你能有種不怕挨打，挺身衛護你祁四叔，當然好，可惜只差一宗事，你還該誠心誠意的禱告，——我要換做你，先就求神龜替我找個花花綠綠的小媳婦。你十七、八歲，自己不長眼，難道硬賴著你爹跟你挑?!」

一提媳婦，鐵子臉紅了。多年來，爹跟自己住到峭石灘頭的小茅屋，屋外張著野胡胡的天，水是渾的，風是莽的。沒有一塊光滑渾圓的石子兒，習慣談說有稜有角的事，可真拾不起軟綿綿的話頭。

晌午到了龜石地，離野市還有一截路，咚咚的鼓聲就把鐵子吸引住了。獵獺人沿著河邊的小路，繞過那座兀立的黑石神龜。神龜伏在一塊土稜上，足有兩丈高，頭有水缸大，殼有三丈多長，石面浮泛青黑色，生長著許多菌茸和細小的藤蘿，土稜後長著一棵枝幹盤曲的老蒼松，覆住神龜像把羅傘，人經松旁，翠綠染變了人的臉。

雖說離開市還有兩天，野市上也麕集了不少人，有的在埋樁，有的在拉繩，各處來的獵戶們牽著狗，架著鷹，從木排上扛下牛腰粗的皮毛捲兒，吭喲吭唷的走過人前，留下濃濃的新硝過的皮腥味，鬱在空氣裏久久不散。

香棚設在小土地廟邊，十幾間相對的蘆棚自成一段小街，一些早來的皮毛販子們，放來許多雙牛拉的大轂輪車、手車、雞公車毛驢和帶項鈴的騾馬，使平野上動盪著鈴喧軸鬧的聲音。

皮毛攤兒上木樁連著木樁，那些粗糙木樁下，塡著大塊砂石，樁身兩邊釘著鐵環，環上拉起三道橫索，索上吊滿了各種獵物的皮毛。東面山裏的獵戶的攤位上，掛著紅布畫的吉祥符和桃木刻的如意人，南面山裏的獵戶掛出好些獰猛的狼皮，人在攤前站著，脖頸上吊一串獸骨、銅錢、彩布綴成的骨鈴，手捏鈴串兒一抖，便淒鈴噹啷響起來了。

「咱們賣獺皮的攤位設哪嘿？」鐵子問說。

「喏！」祁老四指著說：「過了那邊的空場，西邊一綹地，正跟西鮑村的攤位臉對臉。看光景，西鮑村的人還沒來上市哩！你沒見橫索上還沒有掛貨嗎？」

「要是見到鮑小閻王，」鐵子說：「四叔您指給我看看！」

空場緊靠著稀落的林子，有些樹落葉子了，參差的裸幹泛著灰褐和紅銅交雜的顏色，樹檔兒裏歇著卸了貨的車輛；場上也有許多從城裏來的商販，到野市上出售粗細瓷碗，燒著蘭鯉的套盤，各種布疋，火藥，耕具什麼的雜貨，每處攤位都插著立地的布製長招。

鐵子跟著獵獺人穿過空場，到設攤的地方放下舖蓋。

「那是咱們的樁堆。」二疙瘩說：「鐵子，你爹佔的是右邊靠口兒上的舖面，地上留著老樁窩，你照埋就得了！」

「我去薦攤上發薦兒來釘棚。」紅眼祁四說：「誰跟我一道去，到那邊野舖去順捎些野味、吃食和酒。」

當夜立好棚，許多人都醉了……

野市開場前，人潮越湧越多了，這裏那裏，到處升起喧嘩的浪花。鐵子聽爹說過，要等穿白衣的女巫到神龜面前燒過頭場香，皮毛攤兒上才能做交易。

鼓聲從遠處一路響過來，越來越近了，頭一回趕市的鐵子定不下心，想去瞅瞅熱鬧。

「你儘管跟著上香去，」紅眼祁四說：「你二疙瘩叔留著照管舖面。」

紅眼祁四瞅瞅對面西鮑村的攤位，壓低嗓子：「各村各族的獵戶領班的全聚齊了，除了遠地來的山戶，咱們全想拉鮑小閻王到土地廟去評評理，不能讓他把蘆草地那塊獵場久佔著！」

「鮑小閻王來了嗎？」鐵子說：「我要瞧他兇橫成什麼樣兒？是不是八隻腳的螃蟹?!」

「或許他聽說各族聚集著要找他，」紅眼祁四說：「還沒人碰到他上市。熱鬧你儘瞅不要緊，鐵子，你千萬別惹出麻煩來！」

「我曉得。」鐵子一邊應著，就鑽進滾動的人群去了。

太陽昇起來，黃黃的陽光照著人頭，人群裏充滿了煙草、皮革、布疋、汗漬混合的氣味，熱烘烘的，偶然躍進一陣尖風，吹起人腳下的沙灰，陀螺似的轉著，化成受驚的蛇煙飛走。

鼓聲在咚咚的響著。

鐵子擠過山戶們設的皮毛攤子，那些古怪的山戶搖動獸骨鈴，淒鈴噹啷，淒鈴噹啷，一面用誇張的聲音，數來寶似的叫喊著所要出賣的皮毛，作爲交易前的宣傳。

「嘜！那大客啇！要買紅狐這邊看，要買狼皮到這邊！價錢公道不在說，瞧！狍子狸黃狼獾狗子皮，您瞅瞅貨色多齊全！」

城裏來的皮毛販子們並不理那些誇張，故意把盛滿銀洋的小錢袋拎得高高的搖著，一面斜起狡獪的眼，瞟著吊在橫索上的貨色。

人流搓搓擦擦的溜過去。到野市上來湊熱鬧的閨女們，個個全打扮得紅紅綠綠，滿頭插著絨花球，映垂著紅頭繩結紮的辮子，三五成群的扣著手心走，一路走，一路撒著笑，使好些光棍小夥子看直了眼睛。

鐵子擠過去。那邊聳立著合抱不交的響鈴樹，樹上少說也有百十個鳥窩，小廟前正唱著酬神的野戲，唱戲的穿著褪色的彩衣，打著瘋狂的腔調，唱番邦蠻女和南朝小將廝殺。

「嘿啷啷，我大刀朝上掄，啷鈴鈴，她槍翻斗大的花，二馬交盤蹄亂滾，各爲保主定輸贏！只殺得四野的沙塵紛紛起，只殺得天昏地黯……日無光……」

暴響的鑼聲驚起樹梢的鳥雀，飛的飛，落的落，飛也不好，落也不好，——幾隻大癩鷂在高處盤旋著覓食，發出古碌碌古碌碌的叫聲。

那邊不是香棚嗎？鐵子擠到一家香棚門口，手攀著木柱，好不容易才從人窩裏脫出身，掏錢去買香燭，一抬頭，竟然怔怔地把手忘在袋裏了。賣香燭的閨女那麼俊俏，賽過年畫紙上印的手抱琵琶的昭君；太陽光透過棚頂，把斑斑點點的碎光灑在她黯紫團花襖面上，領口滾著黑鑲邊，上面開著她一朵花似的白生生的笑臉。閨女跟他說什麼，鐵子壓根兒沒聽到，兩眼一股勁兒盯著她，彷彿要數一數她臉上究竟有幾粒雀斑跟多少汗毛。

「一把兩個子兒。」閨女說：「兩把只要三文就夠了！」

兩份香燭抓在鐵子手上，錢還沒付哩，人潮好像碰上峭石，掀起一個大浪，把鐵子捲開了。

「前面出了什麼事情？」鐵子抓住一個人的肩膀問說。

「各族找鮑小閻王論理，」那人說：「小閻王不買賬，搖著膀子撞過來了——你瞧，那不是小閻王?!氣哺哺的一頭牛，像要找誰打架的樣子！」

鐵子打人頭望過去，望見那邊來了一個紅臉大個兒，卅上下年紀，光著腦袋，穿一件沒扣扣兒的空心黑襖，攔腰紮著包巾，獵靴繞子上全插著攮子，左邊胳膊上架了一頭灰毛兔虎兒（註：鷹之一種，眼銳，行動敏捷過於蒼鷹，專門獵兔。）右邊胳膊上，繞著蛇似的大響鞭。大個兒後面跟著兩個同式打扮的，一個是兩眼暴凸的稀毛禿子，一個是三角臉塌鼻梁，全是精強結壯的漢子。

「我找那個獵水獺的祁四！」紅臉大個兒衝著兩邊的人群說：「去年他講理講輸了他個丈人，今年還有臉再講理。上回講理只論拳頭，今年講理我要論響鞭了！他個丈人的！」

別看兩邊人頭不少，全是開不得口的悶葫蘆，沒人敢吭一聲。鮑小閻王頭昂得更高了，在人圈當心站著，抖開他的大響鞭說：

「誰要上來講理，趁早來，沒人作聲？嗯?!姓鮑的不耐煩久等，要去喝酒去了！」

鐵子一聽鮑小閻王指明找祁四叔，香也不燒了，轉眼就擠到小土地廟，各族領班像窩鳥，吃不住鮑小閻王一嚇，全散了，也不曉得紅眼祁四叔到哪兒去了！誰在身後拍了鐵子一巴掌說：「你不是跟紅眼祁老四一道兒來賣獺皮的嗎？快回去收拾攤位去！鮑小閻王糾合西鮑村裏一班好事的，把他們對面攤兒全砸了！」

「那不成！」鐵子把眼一稜說：「我的獺皮還沒開捲兒哩！」

及至鐵子擠回立棚的地方，只見一路木樁全被拔倒了，棚頂也被掀了，皮毛捲兒，舖蓋捲兒，叫踢的七零八落，不是黏著泥就是帶著沙；二疙瘩苦著臉，坐在橫倒的木樁上發楞，幾個獵獺人一聲不響的收拾破爛，在空場上擺設雜貨攤子的商販們，三五成群、交頭接耳的竊議著，對面西鮑村的攤戶，交叉兩手抱胳膊，幸災樂禍白瞧這場熱鬧。

「姓鮑的哪裏去了！」鐵子說：「二疙瘩叔，您怎麼讓人把攤位搗成這個樣兒？」

「別提了！」二疙瘩說：「秀才遇見兵，有理講不清！約莫你祁四叔惱了他，弄的城門失火，池魚遭殃。鮑小閻王帶了人來，不分青紅皂白，乒乒一頓亂砸，就砸成這個樣兒，砸完了還說：『你們全跟祁四一鼻眼出氣，替我滾到別處設攤兒去，少在我眼睛頭上繞，惹起我的火性，響鞭抽的你們學狗爬！』……」

「鮑小閻王這算殺雞給猴兒看，」一個獵獺人蹲在那邊接著說：「砸了咱們的棚，好在各族面前露他的威風！我們算倒楣，認了！」

青筋在鐵子兩邊太陽穴上跳，捏著拳頭說：「我去找他去！二疙瘩叔，這口氣我憋不了！我爹叫我不找人惹事，可沒說旁人蹲在頭上拉尿也不准揩！我只要問問他：『姓祁的惹過你，我沒有惹過你，你爲什麼砸我的攤子?!』。」

「算了罷，鐵子。」二疙瘩嘆說：「走遍龜石地，寧可說有人不曉得小閻王的槍法，卻沒人不曉得他那條閻王鞭！只消炸一鞭，滿天全是驚鳥，連著炸三邊，懶牛一天不用俚俚（註：北方農民吆牛之歌），鞭梢能扯動陷在土裏的石滾兒，不用說你了！二五條大漢合手也佔不了他的便宜。」

「趁著小閻王去野舖喝酒沒回來，咱們把攤子理一理，到別處設去罷。」蹲在地上的那個說：「雞蛋何苦碰石頭，各族要真齊心合力爭氣，鮑小閻王怎能硬佔獵場去?!他們全不敢出頭，咱們怎敵得西鮑村？」

鐵子也沒理會那些話，悶而不吭的走過去，拎起他的獺皮撢撢沙，又動手捲妥踢散在地上的舖蓋。

「我走了，二疙瘩叔。」他說：「祁四叔回來，央您轉告一聲，就說我去野舖等著小閻王！爭不贏這個理，我寧願瘸著腿回家！」

鼓聲從黑石神龜那邊響了回來，皮毛野市開場了，吵吵嚷嚷的人群裏，只有一半在談交易，另一半卻在談著鮑小閻王的事！

「聽說東祁村的紅眼祁四回村去約了七八十口人來。」一個說，「人人揹著齊眉棍，一片蹲在小土地廟前，要找鮑小閻王算賬。」

「何止東祁村。」另一個說：「杓頭庄，三姓庄，白家屯，一兩百人全拉在河灘上，西鮑村的獵戶也回屯去邀人了！看樣子，各族今年爲爭獵場，齊心抱氣，打算硬扳小閻王，不吝打一場群架哩！」

「各族人雖多，未必打得贏。」一個老頭兒叼著煙袋，坐在他自己的鞋跟上，發愁說：「鮑小閻王那條鞭掄起來兩丈方圓，再多的木棍也貼不了他的身，你沒見他照樣在野舖裏穩風不動的坐著，照喝他的酒嗎？出門只消抖抖響鞭。對方的人就要嚇退一半，不信你們就瞧……」

鐵子聳聳肩膀上的扁擔，挑著舖蓋跟皮毛捲兒走過去，剛走到香棚那邊，就聽見一片喊聲，有人奔過來，一路倉惶的叫著：「東祁村，杓頭庄……各庄幾百人，把那邊野舖圍住了，喊明要鮑小閻王出來講理哩！」

鐵子還待朝前走，賣香的閨女卻招手叫說：「嗳，就是你！你拿了兩把香燭沒丟錢！」

鐵子只顧朝前走，閨女卻出了棚，伸手捉住他挑子後面的皮毛捲兒叫說：「虧你還挑著值錢的水獺皮，抓了人香燭不丟錢，一晃眼就溜了。」

鐵子扭頭求告說：「大姑娘，別拉扯我，兩文錢小意思，等歇有空丟給妳，這會兒有急事等著辦，別耽擱我行不行？」

閨女俊是俊到頂兒了，蠻也可是蠻到了家，叫說：「爺爺，您看這個人，抓了香燭不給錢，挑著擔子想溜哩！」

鐵子看著兩邊許多人都停住腳，望著他，笑著他，又羞，又急，又有幾分惱，就漲粗脖子說：「妳越叫，我偏等會兒再給錢！」

閨女說：「我說不成就不成！你滑頭滑腦，像隻沒繫兒油瓶，一鬆手，你就滑掉了！」

倆人拉拉扯扯，正拉的鐵子沒辦法，香棚裏坐著的白鬍子老爺子說話了，罵那閨女說：「當著人，拉拉扯扯成什麼話，滑掉就滑掉是了！不過滑掉兩文錢！」

旁邊卻有人笑說：「何止兩文錢，倒像小媳婦拉女婿，一把捏定了，死也不鬆手哩！」

鐵子臉皮兒最薄，單求早早脫身好去找鮑小閻王，遂把挑子一扔說：「我服了妳！這舖蓋和皮毛捲兒當押頭，我只要一根扁擔好打得小閻王！」也不等閨女回話，抹下扁擔就跑。

剛跑出幾十步地，就聽閨女跟在後頭叫說：

「我也服了你，爲了兩文錢，捽下恁多水獺皮！舖蓋我們看著，獺皮你捎去！叫人偷了一張，我們賠不起。」

閨女越叫的兇，鐵子越跑的快，轉眼到了野舖門前。野舖門朝東，正衝著沙稜稜一片河灘，河灘上，小土地廟前，大響鈴樹底下，聚有許多掄棒的人，快傍午的日頭照在沙地上，閃著亮光，西鮑村的人聚在野舖門口，也掄著傢伙等打架。那可不是紅眼祁四叔，在人群裏昂著脖子像隻鬥雞。

「鐵子你來幹什麼？」祁四一把抓住跑得喘吁吁的鐵子說：「我說過，這兒沒你管的事，你四叔我又沒捱揍，用不著你幫打！」

「咱們是兩碼事。」鐵子說：「我只是來問問，他鮑小閻王爲何要砸掉我的攤子?!」人群一陣沸騰朝前圍過去，圍成一個大圓圈兒。鮑小閻王出來了，兔虎兒蹲在肩膀上，一隻手大叉腰，一隻手拖著大響鞭，許是多喝了幾壺老酒，那張臉紅的像火炭似的，光頭上沁了一層汗粒子，舉眼打掠四周的人群，歪起嘴角獰笑著。

「祁四，你這紅眼老鼠！你聽著！」鮑小閻王叫說：「有種是漢子，一個對一個放對兒打！沒種勾人打群架！西鮑村的，不要亂動手，我一個人頂著，我看誰先上?有誰贏了我手裏這條響鞭，從今後，西鮑村再不佔蘆草地！怎樣?一個一個上，你有多少人，我鬥多少回！決不含糊半點兒，打群架不是人幹的，只算一窩狗！」

本想藉人多打群架的一群人，被鮑小閻王的話頭懾住了，你望我，我瞅你，大夥兒全楞著，沒有一個人敢上。就在這當口，紅眼祁四一把沒捉住，鐵子掄著扁擔，托地跳出去了。

「姓鮑的，我問你！」鐵子把扁擔頭支在地上，雙手抱著另一頭，抵在下巴上，叉開步子站定了，大聲叫說：「旁人惹了你，我可沒惹你。我不是爭獵場，只是問你爲什麼砸了我的攤子？」

小閻王故意勾下頭來瞧他，笑說：「我的兒，你撐著扁擔也想來打架，你媳婦在家不哭?要是我的鞭梢兒刮著你那嫩皮肉？」

鐵子說：「怎麼？你當真不講理?!」

小閻王說：「只要你贏了我，你愛講什麼理全行！」

「祁四叔您看見了?!」鐵子說：「我可不是找架打的！」

霎眼間，鮑小閻王右肩微微一挫，在肩上的兔虎兒略搭了搭翅膀，大響鞭的鞭梢就把鐵子裹住了，小閻王朝外一翻腕子，順勢收鞭，鐵子空掄著扁擔擰轉著像一隻陀螺。西鮑村的人喝起采來。鐵子至少轉了七八圈兒，一屁股跌坐在紅眼祁四面前。

「嗳，賣獺皮的，」香棚裏的閨女拎著獺皮：「我還道有什麼急事？原來要趕來挨打的！野市上，沒人打得贏姓鮑的！」

鐵子一滾身翻起，低著身軀，好像那一鞭把他精神給抽醒了。「好準！」他挫著牙，帶著獰笑，露出一排不把什麼放在眼裏的白牙。

鮑小閻王也笑著，慢騰騰挪著步子，朝鐵子逼了過來。喧嘩聲沉落了，野市梢頭，人頭越聚越多了，人人全都摒住氣，眺著鐵子和鮑小閻王，傍午的太陽勾勒出倆人挪移的影子，像一頭老虎跟一頭黑豹相搏。

「黑小子，接著！」

鮑小閻王話沒說完，一抖腕子大響鞭划一道電閃的長弧，破著風掠過去，這一鞭掠的很低，鞭勢奇疾，平平橫掃，鞭梢正捲住鐵子左腿，鐵子站不住，又打一個踉蹌跌坐在地上。

西鮑村的人鬨笑起來。

在平地上，若想拿四尺七寸長的扁擔去鬥一丈多長的響鞭，十有八九要吃大虧！使扁擔的鐵子挨不著小閻王，只有挨揍的份兒罷了。

「我的事不要旁人管！祁四叔！」鐵子看出各族掄棒人有挺身欲動的樣子，急著喊叫說：「不論輸贏，我跟他單對單。」他沒等鮑小閻王一鞭抽到，一個急滾又跳起來，晃動肩膀，緊緊他手裏的扁擔。

除了西鮑村的，誰都誇鐵子這小夥子有股天不怕、地不怕的傻勁。人影急速的騰挪閃動著，沉靜被場外的喊叫和場內的鞭聲打破了，紅眼祁四連眼也忘了擠。香棚的閨女拎著獺皮靠在樹上數數，鮑小閻王的鞭再快也趕不上她突突的心跳。

兩個看熱鬧的皮毛販子在私下打賭，一個說：「假如黑小子要能鬥倒小閻王，我輸一罈酒！」一個說：「黑小子！爭一口氣！鬥贏了喝光一罈酒，我倒貼你一捆好皮毛！」

但鐵子顯然是吃虧挨揍的樣子，扁擔空舞著，佔不了上風。場子裏面，不斷響著刷、刷的鞭炸，鞭頭到處，沙石亂迸，鞭身抽過，地上冒火星。鮑小閻王俄爾窮兇惡極的揮鞭猛抽對手，俄爾停下來，輕靈警覺的嘲看鐵子，像貓戲老鼠一個樣兒。

在鞭梢的逼壓下，鐵子一直朝後退，人群也跟著挪動，從市梢的野舖門口打到了香棚，把穩坐在香棚裏的白鬍老爺子也引出來看熱鬧了。

「誰有這個膽子敢鬥小閻王？」老爺子說。

杓頭庄有個人回說：「峭石堆獵獺的黑小子！」

香棚地方窄，棚子叫人潮擠得連根搖晃，打賭的越來越多，嘰哇喊叫說：「來了！來了！打過來了！」

一到了窄處，鮑小閻王那條響鞭就減了三分威勢，鐵子身上雖狠挨了幾鞭，卻越打越靈活起來，雖還沒沾著小閻王，也不像先前那麼儘挨揍了。鮑小閻王看清這一點，兜短了一截鞭身，採用快打猛抽，一直佔著上風。

打到香棚口兒上的頭一家，正掠著兩架兒粗支線香，鐵子扁擔一揮，線香架兒倒下去，兩架線香碎成一片，一個賣香婆子嚷叫說：

「黑小子！打野架別處打！你把我老本砸了！」

鐵子說：「不要緊，我有七張水獺皮拎在大姑娘手上哩！打爛東西，記上賬我照賠！」

賣香的閨女搖著獺皮說：「砸碎劉大嬸線香兩架，記上了！」

鮑小閻王一鞭打過掮著草把賣糖葫蘆的頭頂，那些冰糖葫蘆串兒全飛到兩邊人叢裏去了。沒等那人開口，小閻王也說：「我的響鞭沒長眼，砸爛了東西，記上賬，我加倍照賠！那，小牛角，替我把賬給記上！」

三角臉的小夥子揚聲回說：「糖葫蘆一百大串，我替你記上了！」鮑小閻王對準一鞭抽在鐵子的左臉上，那張黑臉立即暴腫起來，凸出一條肉鼠似的鞭痕。三角臉得意起來，叫說：「黑小子挨了『兩鞭』，我也記上了！」嘴說不及，鐵子一扁擔搗中鮑小閻王的肚子，搗的小閻王抱著腰直嚷。

賣香的閨女不服氣，也反唇相譏說：「姓鮑的叫搗中『三棍』，我也記上了！」兩邊打賭的都在替雙方鼓氣說：「只要打贏這場架，咱們照賬付，不用你掏腰包！」

一晃眼，兩人打過了香棚，打到山戶們設的皮毛攤兒附近來了，那些愛瞧熱鬧的山戶，交易也不做了，爬到木樁頂上蹲著，搖動獸骨鈴助興，有一個膽大的，把一串吉祥符飛套到鐵子的頸項上。鮑小閻王一鞭揮過來，掃掉了那個山戶的帽子，讓過那一鞭的鐵子反揮一扁擔，不巧打在木樁上，把扁擔打斷了，木樁一震，上面蹲的那個山戶摔下來，壓在找帽子的那個身上，找帽子的叫說：

「二哥！別壓好不好?!帽子找不著不要緊，你別耽誤我看熱鬧！」

鐵子手裏的扁擔一斷，索性把半截兒扔了，大張雙臂要搶奪小閻王手上的大響鞭，小閻王早看清了這一著兒，他出鞭猛，收鞭快，光抽不捲，決不讓對方有奪鞭的空兒。這樣一來，赤手空拳的鐵子吃盡了大虧，刷刷的鞭子像雨點，憑你躲閃得多麼快也快不過鞭梢。一會兒功夫，鐵子被打得狼狽不堪，襖面叫撕碎了，拖一塊，掛一塊，到處染著血斑；褲子也被撕成幾大片，飄飄揚揚的，但鐵子眼睛灼亮，沒顯出半點畏怯。

三角臉用誇張的聲音記著鐵子挨鞭的次數，賣香的閨女臉全氣白了。打賭的全把大注投在小閻王身上，只有各族的獵戶替鐵子打氣。

一晃眼，倆人又打到野市南的空場上，那些賣雜貨的攤子可慘了，鐵子被鮑小閻王逼到賣碗的攤子上，踢得盤翻碗碎，賣盤的哭喪著臉說：「砸了！」

鐵子說：「我包了。」

賣香的閨女急了，一邊數著：「菜油一桶，玻璃燈三隻，松香鏡兩面……」一邊朝鐵子叫：「七張水獺皮，還有兩張好賠，你一路上砸爛東西太多了！」

「妳還不死心怎麼地？」三角臉說：「等歇他獺皮賠光了，準把妳給賠上！」

「啐！」閨女說：「賠到西鮑村做你姑奶奶！」

倆人在空場上打有三四個圈子，全累得呼呼的牛喘，鮑小閻王發了酒勁，鞭子沉滯起來，腳步也有點兒踉蹌；鐵子傷痕纍纍，騰挪閃跳也緩慢了，大響鞭游過去，一鞭抽落他本已破裂的袖子，使他露出滾動筋肉的肩膀；又一鞭落下去，替肩膀加了一條新的血印。好幾回，鐵子被鞭梢捲得摔跌在地上，但仍搖搖墜墜的站起來，苦苦撐持著，誰都看出這場架打的不公平，鐵子硬要打到底。

鮑小閻王有些膽怯了。對方這個黑小子，估量總挨了七八十鞭，在往常，一鞭下去不要說人，連石頭全得迸出火星兒，自己勁全使完了，還是打他不倒。心裡一急，大吼一聲，奮起力來抖鞭認準對方抽過去。

頭一鞭下去，鐵子倒了，血從他嘴角流出來，但他一翻身跪起來叫說：「打罷！姓鮑的，你還沒贏呢！」

鮑小閻王喘著抖鞭，鐵子又站起來了。第二鞭抽的太高，鐵子一挫身就讓了過去，鮑小閻王正要再抽，鐵子卻退到林子邊上停放的車陣裏面去了，鮑小閻王追過去，鐵子一蹲身，抄起一捧沙灰，朝鮑小閻王迎面一撒，鮑小閻王叭的一鞭抽過去，鞭梢終於被鐵子抓住了。

兩個累的像歪瓜似的人，一個迷了眼，一個帶著傷，搖搖晃晃的搶奪這條大響鞭，這一來，佔盡上風的不再是小閻王了，鐵子抓的是又軟又糙的鞭梢，繞釘在手腕上，極不易滑脫，小閻王抓的卻只是光滑的木把兒，鐵子一發勁，便把大響鞭順了過來。

香棚的閨女叫說：「抽打呀，賣獺皮的，你打我記數！」

「打呀！打呀！」各族的獵戶出聲喊叫著。

鐵子沒動手，大叉著步子站在鮑小閻王面前，血從他嘴角朝下滴，滴落在他腳下的沙地上。

鮑小閻王的威風沒了，苦笑著攤開手，吐出三個字：「我…認……輸了！」

「打呀！打呀！」聲音越嚷越響了。鐵子還是沒有動，突然地，他把那條七股牛筋絞成的鞭子扔到鮑小閻王站立的地方。

「我不要贏你。」他說：「我的皮毛攤子沒擺在你們的地方……蘆草地也不是西鮑村一族的獵場！」

人們歡呼起來，紛紛湧過來抬起鐵子。

「我…我……我的獺皮賠了砸爛的東西，還能賸下不？」鐵子朝賣香的閨女說：「一併煩妳……買一份禮，我要送到梁家舖……去！」

「梁家舖?!」閨女眼大了：「梁家舖送給誰?!」

「我…我外公……」

閨女半張著嘴，楞了半晌才叫說：「你是?峭石堆姑丈家的鐵子哥！我是靈娃呀！」

紅眼祁老四和二疙瘩說：「鐵子，我們看，你那張水獺皮，我們替你送上香棚去算下聘吧！今兒算是你表妹，明兒就娶她做媳婦……」

鐵子羞得掉過頭去。被人抬在頭上走，他看得見古老荒涼的龜石地，閃光的靈河和黑石龜的影子，同時也看見了未來的夢。等他再找靈娃時，靈娃早羞跑了，遠遠的人叢裏晃動著她的背影，一隻大紅的絲蝶釘在她左搖右晃的大辮梢兒上。

店門裡外

楊大順兒兩手撐住下顎，伏在白木櫃檯上發楞。自從踏進店門學生意，就養成這麼一種習慣：迷迷惘惘的望著街，望著街對面那堵高牆，牆頭上的那棵孤零零的樹，滿眼的陽光，滿眼的夢。總夢見那棵孤零零的樹長高起來，自己也長高起來，站在櫃檯裏面的踏板上，不用墊起腳尖就能托下頭頂橫木上懸掛的油壺，那意思再明白沒有了：出了師，掌了正櫃，不再挨打受氣了。

「大順兒，你記著：天下幾百種行業，沒有比學徒再苦的了！」爹送自己進店時，扯著耳朵交代過：「但是，吃得苦中苦，方為人上人；若想學成，非要抱住一個『忍』字不可！」

臘月進的店，先拜師，再拜賬房，木樁似的站了一晚上，聽師傅講「學徒之道」。

「每爿店，都有它的老規矩！」師傅的臉青的像塊磨刀磚，沒有一條紋路是朝上彎的：「在李家老店，老規矩就是我的話！我的話就是老規矩！除了我，你得聽賬房程師爺，他在我店裏廿年了，犯了他就是犯了我！犯了我就是逆師！逆師就要替我滾蛋！非但滾蛋，你爹還要照賠三年飯食！非但照賠飯食，咳！你這一生就甭想再學生意——沒有一爿店肯收一個逆過師的夥計！你懂罷！嗯！」

自己像在這番話底下縮小，小得像隻帶殼的甲蟲，全身藏在殼裏，還禁不住打抖。細聲細氣的應了一個「懂」字，兩眼望著自己的鞋尖。師傅開宗明義的說完了這番話，把一口濃痰咳出來，吐在手上捧著的小痰罐兒裏，掖了掖敞開的皮袍兒，踱進店堂後面的暖房裏去了。

「你過來，別縮頭縮腦的打楞登！」程師爺笑出一嘴被煙油燻黑的牙：「瞧你這種德性！就是挨打的胚子！俗話說：不要你尿金痾銀，就要你見眼生情！這是當學徒的金科玉律！三年蘿蔔乾飯不是好吃的，你現在還談不到學生意，你只是李家老店的一隻飯桶！飯桶！你懂嗎？你既端了店裏的碗，就得服店裏的管！頭一年，用不著東家親自點撥，凡事都要聽我的！今晚只教你兩個字：『做人』，抬起頭來！眼望著我！」

怯怯的抬起頭，在昏黯的燈光裏，只望見程師爺那張飄浮在黑裏的臉，陰森得有些鬼氣，叫人冷，叫人怕，叫人只豎寒毛！驀然響起一聲木尺的敲擊，那張臉吐出三個字：「跪著聽！」自己就像中了魔似的跪了下去！

「李家老店前後一共有十一個學徒出了師，」程師爺抓起他的水煙壺，捏進一撮煙絲：「十一個學徒當中，經過我點撥的也有八個了。按排行取名，你叫楊十三官。每天大早，雞叫兩遍要起床，拎著鳥籠，在天井裏兜圈兒溜廿圈畫眉，然後添食換水。溜完畫眉，要幫廚上擔水；十石缸擔到九分滿再拐回來打掃店堂。打掃之前先灑水，再使雞毛帚撢去櫃面、貨架、賬桌、長招各處的浮灰。掃地從邊起，掃掃不漏空，方磚眼、櫃檯肚、錢筒、桌角、都要掃到。」

自己跟父親趕了五十多里的路，實在乏得不得了，誰曉得進店頭一天就受這樣的折磨，好端端要被罰跪，跪得下半身發麻，滿心裝著「爲什麼」三個字，可被程師爺那種威稜懾住了，不敢問出口，只好解嘲般的想到：約莫進店頭一天，所有學徒的人全是跪著聽話的罷！

一股惡臭飄進鼻孔，原來程師爺脫下棉鞋和布襪，一邊講話，一邊搓起爛腳丫來了！腳下放著大號銅火爐，搓下的腳皮落進去，在火炭上發出奇臭的青煙。

「掃完店堂，開店門，每扇店門要按號疊放。開了店門，叫醒師兄。聽見暖房咯咳，那是東家醒了，趕快過去，把夜壺送進被窩。拎了銅火爐，在屋外花台上昇火，等浮煙出盡了再拎進去，替東家烘熱鞋底。聽見閣樓上打呵欠，那是我醒了，照樣侍候！」程師爺停了話，呼呼嚕嚕的吸起水煙來，衝著人臉噴出兩條白霧：「伺候我跟東家起了床，你得清水煙壺。壺裏換六分水，壺後添紙楣兒。換水有學問：多不得，少不得！搓紙楣兒有精品：鬆不得，緊不得！完了，轉回去擦燈罩兒、刷夜壺、洗痰筒、下廚打飯菜，伺候東家和我和你師兄開早飯。當學徒，要做在人前、吃在人後。一日三餐，等人放下碗筷你再吃！一天到黑，屁股不准黏一下板凳，吃飯也得替我站著！你聽見沒有?!」

「噢……聽……聽見了！」自己說。只覺得上下眼皮要朝一起黏。

「你聽著，十三官！」程師爺話像鐵鎚一樣朝人心上打：「碗不是好端的，飯不是白吃的，人不是易做的。學徒更不能打一點馬虎眼兒。白天忙完了，歇下來跟你師兄認貨、學算盤、理錢筒；替東家和我洗腳，守門戶，這都是本分差使。另外，迎客送客，倒茶拿煙，處處全要有個眼色。一處眼不到，一處手不到，我就會著著實實的教訓你！我是過來人，方的磨成了圓的！當初別人怎樣磨我，我是照著葫蘆畫瓢，你小心就是了！」

無論日子去得多麼久，只要有了發楞的空兒，楊大順兒心裏就會清楚的浮現出進店第一晚的光景，那夜跟師兄苗十二官同睡在櫃檯肚底下，師兄身下還墊著雙層的草墊子，外加一床小褥；自己身下只有一塊破蓆，身上蓋一床薄得像單餅似的被頭，寒氣打地心朝上鑽，錐子似的戳進人骨縫去，冷風從板縫裏伸進頭，衝著人脖頸上吹氣，儘管瞌睡蟲吊在眼皮上咬，可就睡不著覺。

「好冷呀，師兄。」自己幽幽地喚著說了。

「冷還算是福哩！」師兄說：「想當初，我進店正兜著大伏天，蚊蟲成千上萬，一夜睡到天亮，兩手不停的拍，手心腫得像發麵饅頭哩！」

巡更的梆子篤篤的敲過去了。那播散在冬夜寒冽街頭的梆聲，又響亮，又慘愁，使人睜眼望得見黑暗裏壓在人臉上的恐怖和強烈的孤單。

「師兄還有多少日子滿師?!」

「早哩。」苗十二官沒精打采的：「還有三四個月哩！」

「滿了師回家開店嗎？」

「開店?!」對方苦笑著：「跟孤魂野鬼做買賣嗎？——我家在東河灣的土坡上，一間『丁』字屋，周圍全是亂葬墳，我爹靠拾荒過活，也替人打打短工；我媽早下了土了，臨咽氣拉著爹和我叮嚀說：『有田地，靠田地，沒田地，靠手藝，等孩子大些，好歹送他上鎮去學學徒，哪天掌上正櫃，就是苗家祖宗積德了……』等滿了師，我能獨當一面，掌正櫃、升個店夥就夠了！哪還想開店?!」

師兄倒是滿好的人，就是身子瘦弱，成天鎖著眉頭不講話，也許是兩年多學徒的日子把他磨圓了，白紙般的一張臉，笑起來總帶著悒悒的味道，纖細的雙手無力的拖垂著，胸脯全貼到脊樑上去了。自己每捱一頓打，每捱一頓餓，眼淚在眼眶裏打滾時，抽著沒人的空兒，師兄便會鬼靈一般的飄過來安慰說：

「十三官，忍著點，這不算什麼，我受過多少回了。你看我，不是活過來了嗎？等我滿了師，站了櫃，我就能開口替你求情了！慢慢等，慢慢熬，總會熬到出頭的日子。三年，聽起來很長，實則一晃眼就過去了。」

慢慢等，慢慢熬，楊大順兒成天咬著牙想這個。頭一年的臘月真是太長了！早起到河上去洗刷夜壺，河面起冰了，打開一個冰窟窿伸進手去，好像手全冰在裏面。拿凍了痲木的手去搓紙楣兒，越搓越皺，總是搓不成。程師爺打人從不讓人知道：倒抓著雞毛帚，帚柄兒上的藤條認準人腦袋，一抽就是一條青紫印兒！

「我這是最輕的打法兒！」程師爺擠著爛紅眼說：「像你這樣的笨蛋，要是犯在少東的手上，能把你腦袋砸進肚裏去！」

而少東像什麼樣兒，楊大順兒從沒見過，聽師兄說，少東也在縣城的東關學手藝，那爿店是縣城頂大的店，規矩很嚴，不過師兄說，店老闆是少東的岳丈。

「也除非是他的岳丈！」師兄說：「像少東那種人，我真不知他憑什麼能學手藝?!早先有他在店裏，無論什麼事，他總要加上一槓子，替他老子的名，打我們這些學徒！」

「幸好他不在店裏！」楊大順兒眼淚掛在鼻凹上：「單只程師爺這最輕的，我也受不了！」

「往後再搓紙楣兒，先到廚房上去烘烘手。」苗十二官說：「等夜晚有空我幫你搓些預備著，你一邊學著點，免得明早再挨打。」

楊大順兒望著師兄蝦米似的身體，眼睛紅起來，滿心的話說不出，全都化成了眼淚。就這麼紅著眼按順序做完大大小小的事，人累的只有喘氣的份兒了。

店裏的晚飯要比早、午、兩餐豐盛些，四個菜，兩葷兩素，還加上熱的湯和溫的酒。東家要等飯菜上了桌，才慢吞吞的踱出暖房，程師爺坐對面，師兄打橫。儘管楊大順兒餓的心朝下墜，也只有站在一邊斟酒的份兒。

「笨到連紙帽兒也不會搓，」程師爺對東家說：「這種笨蛋也送來學徒，我幾十年還頭一回見過，我想，過了冬，假如他還是開不了心竅，捎個信讓他爹把他領回去算了，再待下去，也是白糟蹋糧食。」

「腰替我挺直，」東家說，「站要有個站像！你這樣哪像店裏的學徒？簡直像街頭落魄的叫花子！」東家還有再講幾句的意思，看在一塊剛進嘴的羊肉份上，他就沒有再講下去了。

「他算盤學到哪兒了？」程師爺說：「這種笨瓜，能學到小九九（註：珠算中的加法）就算他有造化了！」

「正教他打三歸呢。」苗十二官說：「十三官人雖笨些兒，學算盤還肯用心，歌訣也記得住。」

「當學徒的人，用心只是本份。」程師爺伸手捏喉嚨，硬捏出一聲乾咳來：「俗說，凡事不用心，到老學不精！他再怎麼用心也抹不掉頭上那個笨字！——十二官，夜晚你得認真去督責他，學不精算盤，甭想三年就出師。」

「我想，只消兩三個月，他就能打小九九了！」師兄用微弱的聲音說，又扭過頭，望了楊大順兒一眼。

楊大順兒兩眼也盯在苗十二官身上。自從進了店，周圍的一切都變成冷的了，只有瘦弱的師兄是自己唯一的依靠，無論一句話或是一個暗示的眼神，都帶給自己很多溫暖。

在寒冷的冬夜，打著呼哨兒的尖風灌滿街道，一到太陽落山，許多商號就打了烊，關了的門上留著一個小方窗，便於招待特別的顧客，通常像生孩子買紅糖、夜飲的買酒什麼的。這時候，整天窩在暖房裏的東家就像夜貓子一樣，掖起皮袍，端起紫沙茶壺，叨著煙捲，出門去溜躂一番了。師兄說過，十字街口的夜市很熱鬧，尚禿子茶樓常年都有唱大鼓的，胡二開設的鴉片煙館，備有七八張煙舖。

「東家是人老心不老。」苗十二官聲音壓得很低：「後街的文昌巷頭上，他還包下個吃相飯的（**註：北方俗語，原意為憑相貌混生活的女人，即為妓女。**），人長得白白淨淨，一笑一口金牙配上滿臉黑雀兒斑，可把東家給迷住了。」

程師爺倒沒被什麼迷住，除開賭賭不大不小的麻雀牌，這算是幫助消化，每晚他必去找人搓八圈兒，正像他每晚必要喝四兩高粱一樣。

「小心守著店，」東家前腳剛動，他就說話了：「零碎事情做完了，十二官抽空兒把貨底清一清，賬盤一盤，然後叫那笨瓜好生練算盤。我今晚在隔壁馬四爹藥舖……我是只搓八圈就回來覆賬目。」

苗十二官暗地裏打過比方，東家跟程師爺是貓，學徒的就是老鼠。李家老店的兩隻貓一走，老鼠們就顯出一點兒生氣了。苗十二官就是這點兒好，絕不擺出師兄的架子，雙手縮在衣袖裏看楊大順兒一個人做事，歸錢入板（註：錢板；木製、有凹痕，每板可盛硬幣二十吊，三十吊不等。），清點底貨，關照廚上溫好了洗腳水，七零八碎，苗十二官總抹起袖子幫著楊大順兒幹。

「十三官你記著，」師兄對他說：「只要一關門，東家他們一走，程師爺他關照過，樸燈、煤油燈全不用點了，改點白蠟，德士古火油要比白蠟貴得多。」

楊大順兒木偶一般的點頭說：「白蠟比老家的菜油盞亮的多，要是點菜油盞不是更省？」

「嗨！」苗十二官嘆了口氣：「也無怪程師爺成天罵你，你曉得，你是學徒來的，也只許他們說話，沒有你說話的份兒。他說點煤油燈，你就點煤油燈，他要點白蠟，你就得點白蠟。他關照這事也不是爲省錢，他是師爺，他愛關照，他若不成天交代這樣，關照那樣，那還像個師爺嗎？——他在店裏幾十年了，根本沒拿過薪水錢，除了每晚出門隨意裝幾文在腰包裏，贏了當然是他自己的，輸了也不要緊，再踱回來揣幾文走就行了。他手枒漏的，也不止那幾支白蠟錢，你想他在乎嗎？」

「我真不曉得，」楊大順兒張著嘴，半晌才楞楞的擠出一句話來：「我想替店裏省幾個錢，難道……」

「你不是錯在省錢，卻錯在不聽話上！」苗十二官說：「我是過來人，我才告訴你！

當學徒的人，不聽話是犯忌的，你就是再好也變成不好了，東家他會說：你要真有別出心裁的能耐。還學什麼徒？師爺會順著說：你既不願脫胎換骨，你就滾回去開間店試試，單怕你錯把油瓶當酒瓶！──不談了！放好算盤，打你的三歸罷！」

一個鄉下數慣了手指頭的孩子，學算盤是件苦事，不用說按著歌訣打了，光就撥珠歸位，指法練習就夠瞧的了。苗十二官抓起算盤，只消一抖腕子，把算盤平放在桌上，那些圓滾滾的珠子沒有一粒不在原位上的。放好算盤，先打「一六二五」練指法，苗十二官的手指快的出奇，楊大順兒眼皮一眨，一路的「一六二五」已經擺在算盤上了。

「好快啊！你真是……快極了！」楊大順兒說。

師兄佝著腰咳嗽起來，飄搖的燭燄把他可憐的影子勾在黯黑的貨架上，師兄好容易才止了咳，轉臉抹起袖子說：

「十三官，你看這些傷罷，我能把算盤打到這麼精，全是被打出來罵出來的。東家說：你們都是些賤皮子，不打不罵不成材。說真的，白天我跪在錢板上背歌訣，夜晚做夢也夢見一粒粒閃亮的算盤珠兒在心上滾！」

楊大順兒睏倦起來，許許多多彩色的花針從奇幻的燭暈中迸出來，直刺著眼皮，也彷彿看見成千累萬的瞌睡蟲在垂下的睫毛間爬動。遠處的深巷裏有一隻狗在吠著，踉蹌的腳步聲響過街廊。算盤珠兒在師兄的撥動下發出的得的得聲響。「黑」是一口深井，把一切聲音都吸進去了。誰在叫喚了？在老家的野地上，在枝柯壓雪的冬天，順風能聽得見爹招起手叫喚他的聲音，即使相隔一里多路，他也能聽得清走在雪面上的迴聲。

「噯，背呀，背呀，十三官。」

那個猛然一驚，吸回流在手背上的口涎，一剎間，彷彿覺得眼前的店堂更加狹小而陰黯了，根本不能跟他所愛的太陽下的雪野相比。一方撩人的月光從天窗爬進來，獨坐酒甕上衝著他笑。

「我說，十三官，」師兄鬱鬱的笑了笑說：「你當初不該來學徒的，你不是站櫃檯的料兒啊。」

「我媽臨死交代了的，」楊大順兒眼濕了：「我爹還托人說項，這邊才收了我。其實，我寧可回去耕田過日子，明年滿十八，就能佃入幾畝田來耕了。」

「佃人的田白辛苦，分租也好，包租也好，每季落下那點兒糧，總難塡飽肚子。」師兄說，「像我這樣身體單薄的人，只盼學學手藝。人呢，總是這山望著那山高，你既進了店，一顆心就得放在店裏，東家說過：當學徒要安份。安份就是安於本份的意思。」

「我不懂得！」那個楞半晌才迸出話來：「替東家捧夜壺，給那老賬房洗臭腳，不皺眉，不捏鼻子就叫安份嗎？你瞧師兄，我手上腳上全是凍瘡！我是來學買賣，不是學侍候人的！」

「噓——」師兄縮著頭，把中指捺在嘴唇上發出聲音說：「手腳生凍瘡，我枕頭下有盒蚌油，夜晚勤使溫水搗搗，搽些搓揉搓揉。千萬別講那些不分尊卑的話，有一天，你當了師傅，也會照老規矩行事，可不是?!你總不會把學徒的頂在頭上罷?!」

楊大順兒咬著嘴唇，忽然說：「至少，我也不會騎在人頭上！學徒難道不是人？天生該比別人低一等?!」

第一次巡更的梆子在淒冷的月光裏響過街北梢的小木橋，程師爺回來了，要不是賭輸了錢就是打錯了一張牌，進門時被門檻絆了一跤，爬起來就發了楊大順兒的脾氣。

「幾個月的飯吃到狗肚裏去了?!看著我絆跤不來拉一把？」

楊大順兒想說什麼，被師兄用眼神止住了。苗十二官趕急過去替師爺拍土撣灰。程師爺本待拿楊大順兒痛痛快快出一出氣，無奈人太累了，提不起精神，只哼了一聲說：

「打水替我燙腳！明兒再跟你算賬。」

第二次巡更的梆子從小木橋那邊敲回來，酒甕上那方月光不見了，風頭順著街簷吹響胡哨兒，巡更人的對語像風箏一樣飄在黑裏：「剛交九就落雪了！」一個說。「好大的雪采兒。」另一個說。燈籠的碎光從門縫裏移過去了。

苗十二官醒過來揉揉眼，看楊大順兒還坐在賬桌旁邊打盹兒，一支長蠟都快點完了。

「怎麼？東家還沒有回來？」

「噢，」那個挺挺腰，打了個呵欠：「還沒有呢！天都快半夜了。」

「你把被蓋搬過來，一道睡罷。」苗十二官說：「你有的蓋沒的舖，太單薄了。等一歇東家回來，我替你去開門。明早你還有一大堆事情呢。」

東家一夜沒回來，回來之後就害了病，把店務全交托在程師爺手裏。照規矩，一過臘月中旬，鎮上每爿店都要忙著年市，程師爺開了張進貨的單子，吩咐苗十二官僱車子進城去辦貨，苗十二官臨走，東家喊他到暖房去交代說：

「我這老毛病好些年沒犯，這回犯得重，一時兩時直不起腰來，你這回進城，順道捎個信，把少東給接回來，多他在眼前，我放心些。」

少東是騎了牲口回來的，比辦貨的車子還早一天到家。少東一回來，程師爺跟老東家就鬥了嘴，弄得滿心疙瘩。

「你真是老糊塗了！」程師爺的嗓門大得連店堂裏的楊大順兒全聽得真亮的：「即便他學手藝的那爿店是他老岳父開的罷，也不該讓他沒滿師就回來呀！學徒沒滿師就讓他回來主持店務，店夥怎會心服他？」

「嗨呀！難得他岳丈肯放他……」東家喘哮著：「你甭拿一般學徒的跟我兒子比，他老子有爿店，他就不去學徒天生也就是個少東。我送他進城，也只讓他見識見識，這如今，洋貨一天比一天多，花式又雜，進出都另有一套精品，你難道叫我從頭再去當學徒，還是你自己再去學一通?!」

「嘿！我在你店裏廿年，沒有功勞有苦勞，沒有苦勞還有耐勞，如今你還在，就要讓我聽他?!我不信城裏燒餅就比鎮上的大，月亮也比鎮上的圓！」

東家沒答話，店堂裏的空氣就僵在那兒。

程師爺掀了簾子出來，把氣咻咻的骨頭架兒朝椅子上一擲，先把左腿疊在右腿上，又把右腿疊在左腿上，怎麼疊也不舒坦，摸起水煙袋，一連狠吸了三四袋煙，又甩下水煙袋，櫃裏摸了一把錢，交代苗十二官：

「別等我開飯，我去馬四爹藥舖摸八圈去！」

程師爺剛走，後房的少東就換好衣裳進了店堂。少東真有少東的味兒，簇新的灰呢禮帽，英國深藍毛嗶嘰呢的皮袍兒外加同色的幔袍，敞褲管的西褲，綠呢皮底棉鞋，胸脯上垂著銀製的掛錶鍊兒，手裏還搖著根白藤的衛生棍。

「替我去買包大英牌。」少東用鼻孔衝著楊大順兒說：「這種土角落裏，連成廳的炮台煙全沒的賣，真是——」

楊大順兒買煙回來，急匆匆的要朝暖房裏送，卻被苗十二官一把拉住了：「父子倆正爲程師爺爭論呢！」苗十二官說，「你就等會兒罷。」

「講人情可不是那麼講的。」少東的聲音隔著簾子傳出來：「我不知道，像那種老朽你留他做什麼？你身子衰弱，撒手不管店務了，這爿店就成了他的！賺點兒錢，全叫他吃空，玩空，賭空，拿空了。銀錢不分公私，高興就朝腰裏揣，豈不是四大皆空。」

「嗨呀，你聽我說。」東家還是慢吞吞的：「鎮上比不得城裏，家是家，店是店！你還在他身上拉過綠屎，怎麼能說這樣話，老程他吃、玩都不怎樣，賭是真的，你倆比起來，一個半斤，一個八兩……無論如何，你倆要夥著，和氣生財。」

「怎麼？我用幾個錢你也心疼？」少東說：「您老人家百年之後，店究竟交給誰？」

「放……放屁。」東家喘哮得更兇了：「我還沒死你就咒開了，這是什麼話？這是你進城一年多學來的人話嗎？!」

楊大順兒正津津有味的伸著頭聽，簾子一掀，少東板著臉出來了，也把身子朝椅子一擲，叨起煙捲吸他的大英牌紙煙。一會兒起身戴帽子說：「不要等我開飯，我去蹓蹓街，夜晚才能回來。」

自從少東回來，連兩個學徒的也看出那種明和暗不合的味兒來了。依少東的意思，這爿老店實在老得沒一點意思了，門面太窄，房舍又矮，破瓦寒窯似的，簡直不能跟城裏的店舖相比，少東逢人必誇說：「你要是去東關，去看看我老岳丈開的那爿店去，除了分派到外埠去發貨的人，光是店夥就有十幾個，夜晚點的是汽油燈，地上落根針全撿得著，噢，我在城裏的時候……」當然嘍，逢著程師爺不在店裡，少東的話就更多了：「你見過天底下有不識字的賬房沒有，程師爺算是大半個，『酒』字不會寫，乾脆寫成了『水』，你若問他：『天下哪有賣水的？』他說的妙哩，『哼，酒難道不是水做的？』香燭也不會寫，寫成了『山』，他還有臉漲粗脖子跟人扳道理說：象形就是字麼！中間的『｜』字是一炷香，兩邊豎一對蠟燭臺。——不信麼？你翻開他那貨單賬冊兒看看，不是圈圈，就是三角，進貨打的是正三角，出貨打的是倒三角，紅圈圈算是銀洋，黑圈圈算是銅板……你別笑，這爿店要想再開下去，非要整頓不可。」

當然，楊大順兒不止一回聽少東說過整頓老店的事，少東除了挖苦程師爺之外，還對店裏許多規矩覺得頭疼。

「這兒凡事講賒欠，今年欠賬明年還登在簿兒上，城裏可不成，城裏是家家牆上全貼著『至親好友，概不賒欠！』城裏呀，城裏是認錢不認人的！這兒的店舖是講究個『老』字，字號越老越好，櫃檯貨架越髒、越黑，越顯出『老』氣派！買進賣出全都是些老貨，顧主也都是燒成灰也不變樣兒的熟臉。城裏可不同，凡事都講個『新』字，人新、貨新、字號新，無一樣不新，哪怕是千百年前的老貨，也要標上個新名目拿出來才有人光顧。我說過了，老店不開下去便罷，要開，就得重頭修整門面，改掉那些老規矩。」

話到程師爺嘴裏就不是那麼說了：

「哼，他想拿城裏那一套耍花頭，裝門面，來騙鄉下老土？那簡直是做夢！現錢現貨的交易，只有鬼才上門。甭看他滿身洋腥味，光是四鄉八鎮的油壺就夠他認三年了！他想敗壞這爿老店還不到時刻，有老東家在一天，我就幹一天。」

一老一少拗上了勁，吃虧倒楣的還是兩個學徒的，少東吩咐朝東，程師爺偏叫人扭頭朝西；朝東、西會罵，朝西、東又會打，真是武大郎盤槓子——兩頭不夠有的。

熬呀，熬呀！楊大順兒被折磨得沉靜下來了，當白天生意清淡的時辰，總愛手托住下顎，伏在白木櫃檯上發楞。街對面的孤樹探出新芽來。一轉眼，街對面的孤樹又綠透了。來店裏三四個月了，沒學過生意上的事，學的是倒夜壺，挑水桶，頂算盤，跪錢板，挨耳光，吃剩飯，程師爺曾說過：「這就是學做人！」一道白木櫃檯，分出店裏店外，而櫃檯卻擋不了少東和程師爺自己。

師兄在四月裏滿了師，掌了正櫃，程師爺除了經管銀錢賬目不肯鬆手，把餘下的重頭活兒全壓在師兄的肩膀上，師兄的身子本來就單薄，天氣一轉暖就發了病，白天兩頰燒得紅紅的，夜晚鬧咳，在黑裏響著的咳聲像一隻蛤蟆。

「師兄，你咳的這麼兇，該找隔壁的馬四爹瞧瞧，好歹抓幾付藥吃吃。」楊大順兒說，「你總算熬出了師，天下店鋪多著哩，恁換別一家，也不會這樣忙的。」

「快別說這種話，」苗十二官說，「古語說：一日為師，百日為父。我不看別的，總看在老東家面子上，他如今在病著，我若剛生翅膀就飛了，心裏不安。我的病也不怎麼地，每年交夏全鬧點兒小咳，到秋涼，自會好的！」

沒有人把苗十二官鬧咳的事放在心上，苗十二官自己也沒把它當作一回事。少東在店裏根本待不住，把整理店務的精神全放到整頓後院的小花園去了，又買了鳥，又栽了花，還是悶不過，揮著衛生棍出門，逢人便抱怨這，抱怨那，把鎭上凡事都抱怨全了，壓尾照例說：「真哪，你不曉得我在城裏的時候……」

程師爺的酒量跟牌癮越來比早先越大，逢人也抱怨說：「我爲李家老店辛苦大半輩子了，他不養我的老也得養我的老，我不偷不拿，喝點兒酒，搓搓麻將一點也不大發！店又不是我的店，少東愛怎樣就怎樣好了！我算是金鋼鑽鑽碗——自顧自（**註：北方歇後語，取其發音好像鑽碗之音。**）。」

五月稍，苗十二官進城去發貨，回來遭了一場雨，渾身濕的像從水裏撈出來似的，撲進店門就忙著分貨上貨架兒，把個透濕的衣裳釘在身上，一直忙到晚上睡覺，額頭才覺得發燒。楊大順兒急了，拿他爹帶給他的零用錢去請馬四爹來瞧看，又替師兄抓了藥自己熬了餵他。

倒楣的雨成天落，雨絲敲響街廊下的白鐵，沙沙落在楊大順兒的心上。櫃檯肚裏的地舖上，又陰黯，又潮濕，苗十二官縮在黑角上半躺著，臉廓朦朧，像是一張揉皺了的白紙。

「吃藥了，師兄。」楊大順兒說，「你覺得怎樣？」

苗十二官在充滿霉味、濕味、藥味和汗味的角上伸出一隻無力的手，抓住楊大順兒的手，啞聲說：

「真謝謝你，十三官。我想我只是著了點兒涼，歇息兩天就會好了，店裏凡事都要人照管，怎好讓你一個人忙累……」

楊大順兒覺著師兄的手心像塊火炭，說話時兩邊的鼻翅也翕動著，顯見人已是虛弱不堪了，在這種辰光還開口想著店裏，不覺淌下淚來說：「你這樣關心著店，店裏給了你什麼好處？生了病，連請個醫生，打一付藥的人都沒有……」

苗十二官也沒說出什麼來。雨仍在街廊的白鐵皮上哭著。苗十二官喝了湯藥，抹著胸口喘息說：「有空背背算盤歌訣，別把我這點病放在……心上……當學徒怨本店的……不少，我不……怨什麼。」

梅雨一落就不開天，苗十二官的病也不見起色，程師爺在牌桌上聽馬四爹說：「十二官不是什麼感受寒涼那類的小毛病，硬是久咳成癆。」程師爺是聞癆色變的，趕急回來找東家，正好少東也在，三個就放下簾子，在暖房裏討論起來。

「誰都曉得癆病無藥醫，上了年紀的人得了它，喘喘咳咳還有十年八載好活，年輕人千萬招不得，誰要是把癆病惹上身，鐵打的人也吃不住它纏的！頂多活上三兩年，何況十二官的身子那麼孱弱。」程師爺沉吟著：「恐怕……嗯，恐怕是……」

「那得早點捎信給他爹！」東家說：「我這把年紀了，病病歪歪，可擔當不下人命官司。」

「癆病在城裏叫肺病。」少東彷彿比誰都知道多些：「這種病，肺裏爬滿細菌，說話喘氣都傳染，還用捎什麼信？還是趁能爬能走，辭了他妥當！」

「對！對！」程師爺說：「我要十三官去叫輛手車，今晚就推他回家。實在話，出了師的學徒留了不合算，一則不好怎樣約束，二則不能讓他打雜，每月還得付他薪金，如今正好把他辭了，另招個學徒的來使喚！」

「辭他也未嘗不可，」東家嘆口氣說：「不過麼，苗十二官一直很勤快，如今又帶著病，多少總得送他十塊八塊銀洋，讓他自家調攝去。」

程師爺掀簾子出來，正要招喚楊大順兒去找輛車，打把傘，連夜送病人回去，誰知苗十二官早從櫃檯肚裏爬起來了，一隻手拎著小包袱，另一隻手拿著油紙傘，倚在賬桌旁邊等著他。

「不用叫車了，程師爺。」苗十二官還像早先一樣的恭順，只是聲音裏透著虛弱：

「煩您轉告老少兩位東家，我這就回家養息去。我身子弱，也沒能爲店裏做什……麼，您就省著那幾塊錢罷，我，我心領……了！」

沒等怔呆了的程師爺回話，苗十二官就拎著包袱，撐開雨傘，走進溟濛的晚雨裏去了……

楊大順兒端著湯藥從廚上走進店堂，只見捏著銀洋打楞的程師爺，師兄卻不知到哪兒去了。

「快去叫輛手車來，十三官！」少東從暖房裏踱出來，使衛生棍點著楊大順兒的鼻尖說：「他害的是傳染病，店裏商議要辭他，送他八塊銀洋他不要，竟賭氣頂著雨走了！嗯？天下有這麼不講道理的人?!我在城裏的時候，可真是從來沒見過！」少東假咳兩聲，捏了捏脖子：「我怕他倒在半路上，他爹鬧起來替店裏添麻煩，要你去僱輛手車送他，你聽見沒有？」

小學徒的從貨上取下那盞燃亮了的馬燈，撲進雨裏……

「十二——官喲！」

那樣淒涼的近乎慘厲的呼喊在黑夜的細雨中盪開來，一直盪到鎮梢的小木橋，在馬燈抖戰的光暈下面，楊大順兒覺得心底下有一股熱潮朝上昇起，化成兩道要衝破什麼似的洶湧的淚河。

「十二官……喲！十二官喲！」而雨在小木橋那邊的荒野上無聲的落著，使他分不清是雨還是自己的眼淚……他就那樣的拎著燈，踏著泥濘沿路叫喊著，一步一步的走向黑夜裏去了。

李隆老店

小時候，我總愛到對街那些老店的錢筒附近去撿銅角子。像老喬的鐵舖、徐家蠟店、協和酒坊，都是我常流連的地方，而我最愛去的莫如對面李隆開設的雜貨舖子了。

李隆是六十開外的人了，除了他那一頭白髮和微呈佝僂的背，使他看上去顯得蒼老外，他的笑聲比集市上的年輕人還響。

人們都曉得，李隆早先是個孤苦孩子，十六歲就出了遠門。中年時，千山萬水的從外鄉回來，娶了親，生了兩個孩子大嚼吧和二嚼吧；老大生後不久便患了驚風夭折了，老二自小就在湯藥罐裏打滾，好不容易鬼門關前撈回命來。不幾年，李隆的老婆又得了喉蛾症就死了，只剩下李隆跟二嚼吧爹兒倆守著一爿老店。

不管人們怎麼傳說，我從沒關心過李隆的過去，說穿了——它跟到錢筒附近去撿銅角子毫無關聯。

雜貨舖的門面很窄，古老的牆磚盡是經過風霜雨雪的斑痕。街呢，也窄，我們家院心的梧桐樹蔭，能夠罩得住老店屋脊上的瓦楞子。從街口朝裏瞧，整個集市像一隻葫蘆，李隆家的舖子正當葫蘆口口兒上；流動的人群就像漏斗上打旋的酒，經過那窄窄的店門口，流進街裏去。店舖門前有塊匾，上門寫著「李隆老店」字樣。店門裏，當街豎塊黑底金字的長招，招上寫的是「公平交易，童叟無欺」八個大字；招面的黑底已經裂開很多龜紋，字上的金漆也大塊剝落了；長招的木板受了潮，害風濕症似的弓著腰，彷彿學它主人佝僂的神氣。白木的櫃檯黏著一層褐漆似的油灰。山架躲在黯黑的角落裏，蒙滿了蛛絲和塵土；若逢陰雨天，客人們簡直看不清架上的貨物。不過在我眼裏，那些都不關緊要，最使人忘不了的該是老店的錢筒了。錢筒是用碗口粗的山竹做成的，靠在櫃檯外面的牆壁上；必須舉起手，墊起腳尖，才勉強攀到它那吞銅角子的大嘴。

逢集時，街上擠滿了從四鄉來的趕集人，牽著長耳朵的毛驢，捲毛的大綿羊，推著吱唷唷的雞公車和獨輪手車。車子進街卸脫了米糧雜物，成排翻靠在街兩邊的牆壁上，車槓上拴著牲口，使懸空的車輪輕輕打轉。這時，所有黯黑的老店也都跟著光輝起來了。老喬的鐵舖早就扯起風箱生旺了爐火，每當鐵鎚打在鐵砧上，那些迸射到街心來的火花常使過路人擔心的抖抖衣裳。蠟燭店的大缸裏昇起熱騰騰的白霧，老遠都能嗅到一股牛油和蠟脂的香味。而李隆的店門更是擠滿了人頭，黑壓壓地，像陽春三月野塘裏使長竹竿趕著的鴨群。

李隆的顧客中很少陌生人，那些人一進門，便大爺二老爹的叫喚著，心不在焉的把自己的油壺掛到頭頂的掛鉤上去，照例招呼說：「隆老爹，我的四兩，」「我的半斤。」然後，掉頭便走，串著街，買要買的，賣要賣的，再找一家飯舖兒，叫幾壺高粱喝紅了臉。等到日頭掛上西邊柳樹梢，人們才開始在掛鉤上摘下自己的油壺，壺裏正好是所要的份量，絕不會錯了斤兩。笑著，寒喧些講熟了的話，從肚兜裏掏出一串早經數好的銅子兒，隨手扔進錢筒去。銅角子嘿嘟嘟地響，像井欄邊滾回井底去的水滴。

我羨慕那些落在錢筒外面的光亮的銅角子。但我更羨慕二嚼吧從他爹手上學得的本事，那真是我甘心自認一輩子也難學得會的。他可以一眼認出哪一個油壺是哪一家的，比如李二爺家的油壺是歪脖子葫蘆做成的，三分闊的口，塞著玉蜀黍的穰子；張大嬸兒家的是隻凹心的綠玻璃瓶，可裝滿二斤四兩，拐兒爹家的是個土窯燒，紫面子，圓耳朵，上頭還紮了兩根紅布條。

等到集市上人流退盡了，每家矮簷下浮出黃黃的燈光時，老店又回復原先的蒼老了，永遠是一盞豆粒大的小菜油燈，昏昏濛濛的，李隆老爹照例躺在班竹躺椅上，閉上眼，把彎管兒的水煙袋吸得呼嚕呼嚕地響，我相信，除上關王廟空場上野臺子戲開鑼或者十字街口茶樓上有唱黎花大鼓的來包唱，他是不會離開他那張躺椅的了。二嚼吧每晚都傾倒那隻大錢筒，整理零碎的毛票，把銅角子歸到錢板上，每板十吊錢，一個子兒也不差。

一到背集，街心空盪盪的，拋出棍子也打不著人頭。太陽懶懶的照在一溜灰色的瓦脊上，「李隆老店」四個大字也張嘴打呵欠似的，想瞌睡一陣兒，再打起精神迎接下一個集。李隆老爹總愛把躺椅拖到門外來，躺著曬太陽；二嚼吧呢，照例起五更，摘下掛鉤上圍著藍布風罩的畫眉籠子，提到鄉野的墳頭上去蹓放，回來時，搭起竹梯爬上屋去，拔除瓦面上綠茸茸的瓦松，掃掉瓦楞中飄落的梧桐葉子。

那當口正是我們一群孩子撿銅角子的好機會。我們都曉得隆老爹跟二嚼吧壓根兒不在乎那點錢，要不然，錢筒決不會放在櫃檯外，隨顧客自己扔了。

我們總是先放倒竹梯，讓二嚼吧做做無法下凡的天神。然後我們就在對街磚牆上碰錢，故意找呀找呀的叫著：「錢呢？錢呢！我的錢呢？」其實，自己那枚錢早已裝進了荷包，拿錢做引子，我們當然會找到我們要找的地方去——錢筒附近的地上，或是櫃檯縫裏。一蹲下身，我們就搶著撿銅角子，若不是屋頂上天神窮嚷，我們八輩子也想不起放倒的竹梯。

找銅角子時，誰也不用擔心隆老爹會低頭看你那紅一陣白一陣的臉，他只顧瞇縫著眼吸他的彎把水煙管兒！

「呼嚕……呼嚕……」煙管上兩個紫絨球跳動著：「乖龍子，做什麼呵？」

「我碰丟了錢。」

「嗯？」他側過臉：「說大聲點兒。」

「我、碰、丟、了、錢！」幾乎咬住他耳朵，我們大聲的喊著。

「噢，噢……」隆老爹滿是皺紋的臉上浮現出一種滿意的表情，慢吞吞的聽懂了，打鼻孔中噴出兩道白霧來，一聞就知道那是上好的皮絲煙的香味：「什麼樣的錢?!說，說不上來不准拿了走。」

我遇過這種事，曉得那不是追究。「乾隆通寶，十文的！」我會理直氣壯的說。其實，銅角子的種類很多，隨你說哪一種都行，只要打找來的錢裏撿出一枚十文的乾隆通寶來就成了。我會舉起錢，在他鼻尖上搖晃著。「哪，您看，這可不是我的乾隆通寶?!」隆老爹瞇起眼，彷彿真看的樣子，水煙袋卻吸得更響了。

看著看著，他會猛地伸手擰住你的耳朵說：「叫我一聲，來，叫我什麼?乖龍子。」乖巧點兒的懂得他那門道兒，叫一聲隆老爹沒事，碰上他高興，還使鬍子刺刺你的臉，聽憑你玩弄他水煙袋上的紫絨球兒。如果你不自量，叫什麼老棺材攮子啊，外鄉老爹啊，隆老頭兒啊，那包管會惹得他真的在你耳朵上使一把勁，擰的生疼。

「哼！滾開去，惹厭的胚子！再來，我使門閂打斷你那骨拐！」他會氣虎虎地罵著，把你攆出大門。

儘管這樣，你隔一天仍然可以再去碰錢，再走進老店的大門，李隆老爹決不會認出你，或許，他會跟上回一樣，又一把擰住你的耳朵：「叫我一聲，叫我，來，乖龍子！」就這樣，我口袋裏積滿了各式各樣的銅角子，龍的，嘉禾的，國旗的，人頭的，每一枚都磨得亮閃閃地，再塞進我聚寶盆的肚裏去。

如果隆老爹跟牛車進城去賣貨，對付二嚼吧可就難了。二嚼吧細高個兒，扁平鼻梁，走路搖搖晃晃的，活像風吹的竹竿。他已經是三十出頭的人了，還是一條光桿，主要的是因爲過分口吃，大腳媒婆就很少上門了。二嚼吧對付我們永遠是一個老法門兒：瞪大爛紅眼，一隻手拎著門閂子，一隻手扠著腰，張牙舞爪像逼老鼠似的，唬——一聲奔過來，嚇得我們沒有一個人敢回頭。但我們對於二嚼吧也並不會客氣些兒，抓住機會，總是千方百計的設法捉弄捉弄他。

而且我們還有別的法門。我們裝著大模大樣的跨進舖裡買東西，二嚼吧對於顧客總會高興接待的。當然囉，我所指的東西決不會是超出麻餅，山楂糕，貓耳朵之類的吃食。我們手裏搖著銅角子，叫道：「十文錢的貓耳朵，要脆鬆的呀！」

二嚼吧把脆鬆鬆的貓耳朵隔著櫃檯送過來了，我們就故意把手上的銅角子對準錢筒，用碰錢的手法一碰就碰到街心去，走出店後，我們再將錢拾起來，重新裝進自己的口袋。

起先，我們總幸運地分食不花錢的東西，可是日子一久，二嚼吧就不容易哄得住了。有一回，正當我把銅角子碰開時，二嚼吧突然一翻眼，伸長腦袋，像一隻被踩住尾巴的貓似的大叫起來：

「好哇！你？你！你你你……騙，騙我！小，小兔崽子！」

我只有拔腿飛跑，跑著跑著，只聽見耳後呼呼風聲和「丟下錢來！丟下錢來！」的吆喝。跑了一大段路，轉眼已瞅不見老店的影子了，心裏還突突地跳。

前門不中了，再從後門下手罷。老店的後門被竹籬隔成一個不大不小的院子，這邊種的是苦杏樹，那邊也種的是苦杏樹。苦杏將熟時，我們就分做兩批，一批用盡各種方法偷摘苦杏，另一批大聲唱著：「人啦唉，人啦噢，有人來偷苦杏了喲！」一直唱到籬笆門吱唷一聲響，門縫中探出二嚼吧的頭，我們才像受驚的鳥樣飛開去，留下二嚼吧一個人嘰咕地咒罵著，一面撿回他拋出來的東西——往往是一把禿頭掃帚或是一隻破鞋子。不用說，到那時，我們已抬走了成筐成熟的苦杏，而二嚼吧只能找到苦杏的葉子了。

奇怪的是，事情過後，二嚼吧決不會再計較我們這些偷苦杏的小賊。只要一離老店的門，他比他爹還要和善。

二嚼吧是個編鳥籠的能手，不單是鳥籠編得細緻，而且深懂養畫眉的法門。每天清早，我睡在舖上，一聽街心的畫眉叫，就曉得二嚼吧又出去蹓放他的畫眉了。集上人們提起二嚼吧，總讚嘆地數出他各樣好處，然後卻轉成惋惜的語氣：「可惜嚼吧討不到相宜的媳婦呀……」

儘管每一個熱鬧的逢集跟太陽一道來，那份光輝照亮了「李隆老店」的黑匾；儘管老店門前搖晃著帶笑的人臉，橫木掛鉤上掛滿各式各樣的油壺；在畫眉鳥快樂的流水似的叫聲裏，總有一點兒心事掛在隆老爹的眉梢。隆老爹逢人便說：

「嗨……幫著留留神，你曉得，我家嚼吧老二三十出頭的人了呀！」

「嚼吧長眼睛幹什麼來？」受託的總愛衝著二嚼吧的面打趣說：「不用老爹多費心

神，——嗳，嚼吧，當面鑼對面鼓的，媳婦要你自家挑！」

「嗨呀，還談得上挑！」隆老爹摸著白花鬍子：「嚼吧這種人，憨厚得見了姑娘家，漲粗了脖子也放不出一個屁來。——我呢，半生漂泊在外，受盡了辛苦，這如今，老嘍，老嘍，嗨！守著這爿老店，我還能帶進棺材?!……外頭風言風雨地，世道說不定哪天要亂啦，趁我還有口氣，能跟嚼吧帶上一房媳婦來，一家一道過日子，死也安心。」

我常常在夜市中茶樓的前排條凳上，看見隆老爹閉上眼，醉意燻燻地聽唱黎花大鼓的侉姑娘敲起崩隆隆、崩隆隆，急雨似的鼓點子，用北方腔調唱著古老的民間故事。他凝神側耳的聽，彷彿自己也變成書裏的主人。尤其是幾部苦戲，像李三娘磨房產子、牙痕記、王清明合同記之類的，更使隆老爹百聽不厭。每當悲劇的情節發展到高潮時，唱者以悲涼欲絕的聲音，唱盡書中人物的淒楚，那當口，隆老爹那張蒼老的臉上就會浮現出痛苦的表情。但是，侉姑娘總愛在隆老爹淚眼欲滴時，突然把擅板撩起一個花，再變腔調，從悲苦裏唱到落難公子中狀元，妻榮子貴，回鄉祭祖，用大團圓作爲結局。這一來，隆老爹呵呵地笑開了，露出上顎上的一顆七歪八拐的門牙，一面揉著著眼角說：

「我呀，我才不想嚼吧進京去中個狀元回來，我這一輩子跑得還不夠呀！——早點娶媳婦倒是真的！」

二嚼吧找媳婦真比我在錢筒附近撿銅角子還難，隆老爹見人托人也總得不著回音。但是，霜降過後，梧桐樹成天飄下巴掌大的落葉時，隆老爹卻興沖沖地打城裏帶了喜信回來。老店裏的小暖閣被左鄰右舍的姑婆們幫忙收拾成二嚼吧的新房了。人們探聽出來，隆老爹進城販貨時，相中了城裏一家紮匠店的閨女，就請集上驢駝販子馬二做大媒，合過生辰八字，那閨女跟二嚼吧正好是大吉大利的上上婚。

「多早晚帶新媳婦呀？隆老爹。」

隆老爹一瞅別人衝著他嘴動，便笑得兩眼瞇成一條縫，側過頭，忙不迭地說：

「嘿，你說大聲點兒，——我的耳朵不好呀！」

「我說，媳婦多早晚進門?!」

「噢，日子訂在春頭上，」隆老爹猛然想起什麼來：「哦——正趕上城裏戲班子下來唱春戲的時候哩。」又自言自語的：「好啦，我早說了，媳婦進門後，店裏店外統交給他小倆口料理去，呵呵，我也好放下心看春戲去了。」

二嚼吧娶媳婦的事，就這麼飛快的傳遍了整個集市。聽說有了媳婦，二嚼吧成日在家樂得手忙腳亂的，說話都懶得出大聲。我們不單撿銅角子不再會吃他的門閂了，我猜想，即使把老店後院的苦杏樹連根刨掉砍柴燒，他也不會咒罵一聲哩。

日子在藍布風罩中畫眉鳥的叫聲裏，流水也似的過去了，轉眼又是臘盡歲尾了！每逢臘月底，集上照例有一陣年忙。趕集的人群越來越多，多得簡直不能橫起扁擔走一步路。

蠟燭店大敞著門，趕製大紅的年夜燭；往常靠滿手車的街道兩邊的牆壁上，掛滿了五顏六色的年畫、送灶的鞭炮和紙馬；賣年玩意的掮著人形草把，嘣嘣隆隆的搖動小鼓，在人群中擠來擠去，花刀花槍，轉得人眼花。

二嚼吧胳膊上吊著裝滿洋錢的雙馬子（註：帆布做成，兩頭有兩袋，北方用以裝錢。），騎了毛驢進城去迎親。

二嚼吧娶新娘子，跟過年、唱春戲一樣，叫我等得心急。二嚼吧娶親的那一天，我們可以大模大樣的鬧洞房，紅紙捻裏放些胡辣子，燒出新娘子的眼淚來，不必擔心二嚼吧會像被踩住尾巴的貓似的伸頭大叫了。我幻想著一頂新娘子乘來的彩繡大轎，聳著肩胛的抬轎人走動時，轎頂上抖動著盤銀飾珠的麒麟，笙簫管笛跟在轎後嘟嘟打打，炮竹聲震得人要捂起耳朵來。

可不知怎麼地，正熱鬧的年市突然冷淡起來了。日子當著逢集，卻看不見趕集的人。老店仍然開著門，李隆老爹躺在落滿無力冬陽的班竹躺椅上，對著腳下一盆炭火，鎖住眉毛，沒命的吸水煙，吸得滿地煙灰。店門前的黑匾頂著寒風，鐵青著一副皺臉，瓦楞的落葉也蓋上一層硝粉似的濃霜。

「集上怎的沒人趕集呀，老爹。」我坐在他的躺椅邊，手裏玩弄著他水煙袋下的紫絨珠。

他抬起多皺的臉，端詳我半晌，才說：「天冷了哩。」

「你在想嚼吧叔罷？」

他搖搖頭：「他又不會叫鬼迷在亂葬崗裏，咳咳，想他怎的。——我在想城裏的戲班子快下鄉了，總該唱一堂武家坡罷。」

「武家——坡。」我說，我想起往年裏下鄉來的戲班子和隆老爹最喜看的那堂戲來了。

往年，臘月底，集上的人便會尖著耳朵打聽這一年裏是哪個戲班子下鄉來唱了。不管城裏下來的是幾流班子，更不管花旦唱成老旦的嗓子，跑龍套的衝著觀眾屁股翹得高高的，活像受驚的野雉；只要人們能看看五彩古裝裏的蟒袍玉帶和聽得一些似懂非懂的戲詞，也就夠了。

集上真能懂得幾堂戲的，數來數去只有爺爺跟隆老爹，自爺爺死後，單賸隆老爹一個人了。至於我的一點兒京戲常識，還是得自隆老爹的口，他告訴我：縣官塗的是三花臉，白粉的猴兒鼻尖；貪官奸賊多半是歪戴著烏紗帽；番邦武將的頭盔上總插兩根翎毛……

每年整修戲臺時，隆老爹總跟我說起，希望今年的戲目上有武家坡，最好是薛平貴回窯的那一段。事實上，這本戲每年也都有的，但隆老爹始終忘不了它。當臺上唱到薛平貴騎著馬，從遼遠的番邦回到他那貧賤時的老家——寒窯，去跟他忠實的妻子王寶釧相會時，他常會拍著我的肩膀說：

「好呀！好一個有良心的薛平貴，——人就要這樣，不能忘本。他是被別人逼走了的呀，——忘本還算人嘛？——哼，咳咳，放著番邦的一個王位，又娶了公主娘娘，舒泰日子他不想，咳咳，單只念著結髮的恩情，微賤的破瓦寒窯?!」

隆老爹說話時，用手撫著我戴著風帽的頭，眼裏放出痛苦的光：

「根生土長的，移不得呀，乖龍子。——你老爹，年輕時不該做出一個人不想做的事，害得飄泊了半輩子，又千山萬水的摸回來。嗨……孩子家，出了窩的鳥似的，翅膀一硬了，就想飛。」

現在，蒼老的太陽只是一團白糊糊的影子，射在他的臉上，寂寞安詳。天頂上，梧樹枯黑的枝枒那邊，一塊灰雲流過去，另一塊追逐著，漸漸的凝固起來，變成碎水似的黯影。再也聽不見滿把銅角子撒落在山竹錢筒裏滾動的聲音了，也看不到陽光下搖晃的掛笑的人臉了，老店真的老了，像隆老爹一樣蒼老，有一份說不出的悲涼。

一個身披麻布風衣的人從集頭走到店門前，提著油壺招呼說：「打它五錢油罷，隆老爹。」

「怎麼?!」隆老爺詫異地瞇起眼說：「打五錢呀?!虎子。——快過年啦，咳咳，哪，這麼著，你拎瓶回去吃著，我劃在這兒，明年麥口一併算罷咧。」

虎子搓著手，天氣太冷了。

「鄉下遍地挖戰壕哪，老爹。」虎子說：「縣城離鄉下一百多里，您家嚼吧二哥去迎親，還沒回來呀?!」

「挖戰壕？」聾老爹嘰咕著：「嚼吧當真會叫鬼迷在亂葬崗裏？隔不上幾天他會回來的，嘿嘿，許是讓風雪擋了路，那就得在城裏過年啦。」又顧自思量地說：「廿七、廿八、年都快盡了，戲班子還沒有個影兒，戲班子要是年前不下鄉，嘿嘿，那就不該又不該了。」

虎子是集市上最後一個趕集人。我成天朝街頭張望著，巴望二嚼吧迎新娘子回家，或者戲班子下鄉來。直到一天傍晚，我聽見遠遠的傳來了驢頸下的鈴聲。

「看新娘唷，看新娘唷。」孩子們閃亮著眼，一抬頭，便挨了一刀似的狂喊起來。

遠遠的，驢背上果真馱來個新娘子。新娘子倒生的滿標緻，白淨的瓜子臉上，抹些紅胭脂白粉，像個畫兒上的人，穿著簇新的粉紅團花襖兒，大紅壽字長裙，滿頭插著紙花絨花，一走一聳地，把耳朵上魚骨頭的耳墜子碰得叮噹響；可不知怎麼的，滿身新衣外，卻披著一件男人的安安藍的罩袍。

二嚼吧氣極敗壞的跟在驢屁後頭，肩膀上斜披著個大紅包袱，弓腰駝背，喘吁吁地趕驢，他打扮的有些異樣：頭戴沒邊的銅盆帽兒，身穿黑線春長袍，腰間勒一根女人包頭用的葛巾；為了趕路方便掖起袍角來，露出袍裏上兩塊焦胡的穴窿眼兒。

小毛驢趕過街口，有人迎頭問道：「哎呀呀，怎的這等狼狽樣兒，二嚼吧，——怎麼沒放一頂轎子？」

二嚼吧頭搖得像潑浪鼓，喘著氣吃吃地說：「風，風，風聲緊，抬轎的不不，不肯出城——北半邊，甘里地……灰，灰，灰鴉鴉一群亂兵。」一面扯起袍角，手指著焦胡的穴窿眼兒，惶急得說不出話來。

問話的一眼瞧見槍打的穴窿眼兒倒抽一口冷氣。那晚，滿天蓋著灰雲，風勢猛得像棍打似地，吹起沙粒來亂打人臉，集上人們聽說北邊廿里地有了亂兵，紛紛把細軟物件收拾著藏進空心的夾牆和地窖裏去。二嚼吧就在慌亂裏草草的成了婚。成婚時，隆老爹還是貼好了紅紙喜聯，放完一掛扁擔長的喜炮，一點兒新婚的喜氣也叫盪的無影無蹤了。

年夜裏，風定了，街上卻飄起雪來，雪花揚揚灑灑地，像摸不著回家的浪人。街對面吱唷一聲門響，老店的門開了，一塊燈光落在雪地上，照見街心一些黑洞洞的踏碎了積雪的腳印。我看見二嚼吧背著小包袱，新娘子披著擋雪的麻布，走了出來。

「走罷，爹。」新娘子柔聲地：「世道亂了，好歹一家還得團在一起呀！」

門裏傳出隆老爹乾咳的聲音：「你倆口兒走罷，——嚼吧，好生帶著媳婦兒南鄉避難去。——我老了，賭咒不再做自己不情願的事了，你曉得，我在這集上生的。——老了，任什麼統見識過，兵們再兇狠，諒他不是樹枒上跳出來的，石縫裏蹦出來的！咳咳，俗語說的好：吃得鹽和米，講的情和理，天理王法管著他，我這把老骨頭怕他怎的?!——店我守著，記著，倆口兒，平靖了就回來。」

二嚼吧剛動身，隆老爹跟出來，手裏拎著畫眉籠子。

「你忘了這個。」隆老爹說：「天暖時勤蹓蹓，南鄉多的是荒墳——開了春，母的快抱窩了。」

二嚼吧走後，集上人也逃空了，街道上積雪結了冰，簷口掛著的凍鈴有尺把來長，白森森地，像野狗飛亮的臼牙。太陽出來了，積雪化成左一攤右一攤的泥漿，照見家家戶戶貼上紅紙對聯卻又上了鎖的門，和一排排小窗戶的黑眼。

南鄉田莊的長工放牛車來接我們，上車時，還看見隆老爹躺在班竹躺椅上，腳下是一盆紅燄燄的炭火。他仍然閉著眼，一手抓著紙棢兒，一手端著彎把的水煙管，呼嚕呼嚕地，鼻子裏噴出兩道安閒的白霧。

芒芒的牛叫聲驚動了他，從昏睡裏睜開眼。

「我下鄉去了，老爹。」我說。

他凝神的望望牛車，又抬眼瞧瞧梧桐樹那邊的太陽，對我說：

「約莫北半邊真亂了，看樣子戲班子不會下鄉來了，嗨，嘿嘿……今年福氣薄，聽不成武家坡了。」

牛車滾動之前，我看了老店最後一眼，店裏沒人打掃，顯得更黯了，陽光擠進門縫，照亮了弓著腰的長招和山架上零亂的貨物，油垢的櫃檯上生長著綠白相間的菌毛。

亂兵過後，我再回到集上時，再也看不見隆老爹了！很多人都說曾看見隆老爹胸口插著一把刀，橫倒在老店門口的泥漿裏，他臉朝外，一隻手捂住心，另一隻手黏滿碎雪，胸窩上流出的血也凝固了，把身下的殘雪染得透紅。

「怕人呀！」人們掩住臉尖叫著。

鄰舍們集錢買了一口棺材，把他埋葬了。直到我離開老家前，他兒子二嚼吧一直沒有回來。

梧桐樹每年落下來的葉子，把老店屋脊上的瓦楞子積滿了，店前的牆壁上鹽霜和斑痕更多了，屋宇也傾斜了，趕集的人們不會再在那兒停留了！

我常常孤獨地跑進老店去，撫摸那些撒滿鼠糞的錢板，聞著地面上泛起的霉蒼蒼的味道。在一片死寂之中，我會聽見自己的聲音：

「錢呢？錢呢！我的錢呢?!……人啦唉，人啦噢，有人來偷苦杏了喲！」

夏季市場

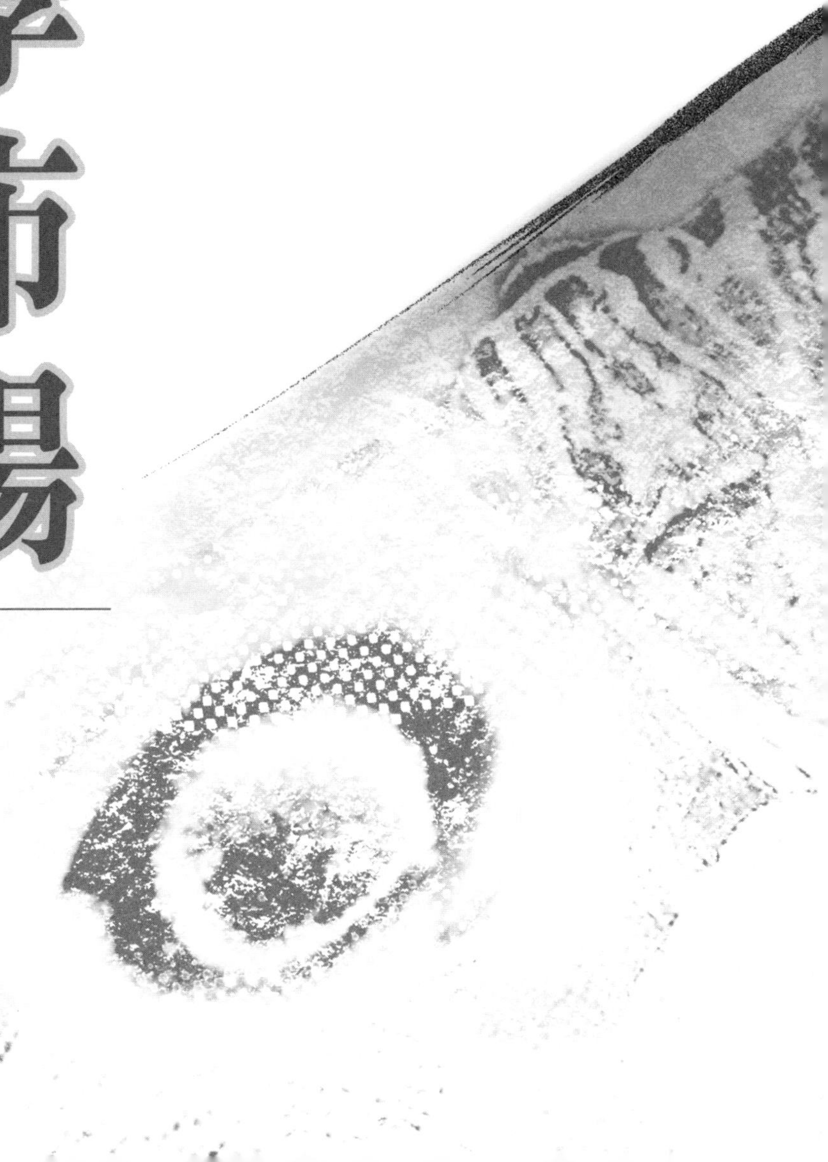

一些鴿籠似的小店舖，縮在狹巷裏；狹巷整天濕濡濡的，只在中午，當空的太陽才肯留下一條黃影；乍看上去，像誰沒經心遺落的黃布帶子。店舖多半做吃食生意，每間門前全豎著帶點兒誇張意味的招牌，靠東一家，寫的是「施吉燒鳥舖」，五個碗盞大的黑字，旁註「真正老牌」，彷彿施吉這名字貼了金，怕被旁人隨手揭去似的。對面有盞冬瓜大的鼓肚燈籠，有風也晃，沒風也晃，好像裝了一肚子酒，晃過來是「關東料理」，晃過去還是「關東料理」。料理店隔壁，一塊滿臉皺紋的橫匾寫的是「老牌當歸羊肉」。羊肉館對面，也就是燒鳥舖緊鄰，是一家「清涼冰果店」。再朝裏去，長招橫匾一直闖進菜市，幾乎所有的招牌全在「老君爐」裏煉過，油垢垢、灰沉沉，一股煙火味兒。再加上頭頂那些不見天日的騎樓和閣樓的黝黯一壓，使那些被圍的油彩字跡像一大串被扣住小腿的蛤蟆，欲逃無力，等死又不甘心，把眼空瞪著。

油污的櫃檯一端安放著菜板，廚師常抹起袖了，當眾表演屠殺，空氣裏瀰漫著油味、生肉味、垃圾和霉味，一些滿是蠅糞黑點的屏風裏，飛出猜拳和嘩笑，貓王在南管聲裏若無其事的打掃喉嚨，蒼蠅從歌劇院飛到歌仔戲團，污水和血水流淌著，垃圾堆滿露天的大水溝，一批蠅蚊和病菌死去，另一批又被培育出來，嗡嗡地唱牠們自己的故事。這裏是夏季的市場……

二

疤二在市場裏飄來盪去，呼吸點兒燒烤食物的香味。頭一回吃白食遇上狠主兒，腦袋上留下那塊三寸長的疤；後來偷乞扒拿全敢幹，只是不敢吃白食；一想到那回事，傷疤就隱隱的發疼。——找家身子弱些的老闆，狠吃它一頓，就算捱揍也捱得輕些。要不是餓極了，疤二不會動這個念頭。——只要當場不捱揍，送進警局去最好，白飯一樣有得吃。

疤二朝「關東料理店」一伸頭，我的乖乖，這家千萬不能進去，店主的個子又粗又大，捱他一拳吃不消。臉一轉就是「施吉燒鳥舖」，店主瘦得像炸過的田雞。——就是他！疤二吸了一口氣就跨進去了。

生意好得很。客堂每張檯子全有人，疤二只好坐在櫃檯前面一張高腳的凳子上。

「嗳，，來點兒吃的。」店主站在一隻平鍋前面煎鳥，三隻一串，五隻一串，黑紅色帶著甜甜的香味，使疤二眼和鼻子全忙起來，嘴也不甘寂寞，直嚥口水。店主越看越瘦小，皮膚白得像女人，身子扁平得一如枕板了的木棉枕頭。像這樣的貨色，全身壓在人肩膀上，也能扛了他走，莫說論拳頭了，打三拳五拳只當搔癢。

「嗳，來點兒吃的！」疤二心一寬，嗓門兒就大了。一聲叫來個女人。疤二眼前一亮，乖乖！標緻得很！——等吃飽飯，找支牙籤剔上牙，換另一支剔下牙，好好的飽看她一頓，消化消化再準備挨打！

「您要吃點兒什麼？」女人湊近疤二說。好香的氣味，疤二先吸了兩大口氣。這種氣味在監獄的夢裏常聞見、醒後令人發瘋。

「那個黑黑的串兒是?!」女人哦了一聲，臉上帶著瞇瞇的笑：「燒鳥。你要幾串？」——幾串都是一樣，吃完了捱揍。

疤二說：「先來一大盤，酒也來點，有什麼吃食，下得酒的，都行！」不吃飯看女人有點眼花，恍恍惚惚，老覺得還關在監獄裏做夢。

上一回判三個月，白糙米帶酸霉味，就像自己這許多年又酸又霉的日子，出來進去，像他娘住旅館一樣方便。女人端來一大盤燒鳥，外加三個碟子，肥肉丁、黃魚、燒排骨，疤二把吸進去的氣全嘆出來了。

哪天能有這麼一爿店，這麼個老婆?女人又拿來一瓶酒。疤二又看看，對了，就像這樣一個老婆，我疤二上廟燒把香，再不偷了。呸，趕快吃完，捱揍，先進警局，找個地方睡午覺是真的。

女人忙裏忙外團團轉，像隻繞燈的大彩蛾，奶包鼓鼓的，屁股圓圓的，圍裙口袋上還繡了兩朵紅花，端著盤子走路，款款一股扭勁兒，胸口直跳，像誰揣了兩隻兔子在她大花的上衣裏。男人還在那邊煎鳥，簡直配不上她，人說我疤二醜、矮，真比他結實些兒。女人忙完了，坐的是櫃檯裏面那張高凳子。

「這個燒鳥倒是滿好的！比臺南的燒鳥做得更好。」

女人眼一瞇：「好說，常來吃吧。」

好說！疤二眼也一瞇，等會沒錢，妳就不會再說這話了！

「老闆他自己下鄉去捉，價錢是很公道的。」女人說：「清早揹網出門，十點才能回來，一天捉，不夠一天賣的，買旁人的，本錢高，就賺不著錢了。」——這女人倒不是冷臉的女人，疤二心裏一動，呷了一大口酒：

「生意這樣好，沒請個夥計幫忙？」

女人一聽這個，臉色陰了一陰，煎鳥的男人反而插嘴了：

「店裏常換夥計，一個比一個懶，前天才走了一個，嫌櫃檯上打舖不夠他伸腿的。」

「工錢三百一個月，他嫌少。」男人理開兩手走過來了，彷彿心裏悶氣，不吐完了不舒服：「小本生意，又不是大店舖。」

那邊有幾個醉漢在豁拳，五魁八馬嚷成一片。——我看有點苗頭，猜中了，說不定不會捱揍哩！疤二嘸了口唾沫：

「要是我，一百五我也不會嫌少，說句笑話，我睡覺一直是不伸腿的。」

男人眼一亮，喀著說：「你就伸腿，櫃對面也夠你睡的，你打哪來？」

「臺南監獄。」疤二說：「你別以為我是幹竊盜的，我招贅在鄉下，常受女人氣；她的！她的！什麼都是她的！我狠揍她一頓，肋骨斷了一根，重傷害・判我一年多，離婚了，我賭咒八輩子再也不沾女人邊！」——也不是說謊，只不過是同監獄的另一個胖傢伙的故事，借用一下，說成自己的。

「噢……這樣的。」男人趕過去翻了一下噴油的鳥串子，腳心像抹油似的又轉過來了：「我跟你老兄一樣是招贅的：她的！她的！一口一個她的！——你打算去哪兒？」

「飄飄盪盪。」疤二抹了抹唇上沾的油漬，安心的吃著燒鳥，——這拳豁得多巧，手一伸就贏了：「想到職業介紹所登記，找點事幹，打打雜，跑跑堂，也比當贅夫強些。」

「噢——這樣的。」男人又跑過去翻鳥，回來得更快些：「我不是說玩笑話，我店裏正缺個人，管吃管住，三百一個月。我不要城裏那些好吃懶做的。」

「我也不是說玩笑話。」疤二說：「我試幾天，你看看，你中意，我留著，不中意，我就走。」

男人笑起來，把疤二打量過幾遍了，短髮直豎著，一張平板的疤臉，塌鼻頭，厚唇，粗矮的個頭兒，一股鄉下味，無論如何是引不動女人的，要使她服貼點，不惹事，只有找這種夥計。何況他說過，八輩子再也不想沾女人的。當初自己入贅，硬是被她迷了的，老頭兒是店東，自己是學徒，她是師妹，六七年前，她迷倒的不止一個，被她迷一回，發現她不是……已經晚了，她硬跟老頭兒說是壞在他手上的，好厲害一貼膏藥，好一個打過胎的處女。看在一爿店份上，自己甘心寫下「祖宗無德，小子無能，願贅在……戶下爲婿……」端了她這隻破碗。幾年掏弄過去，自己虛得像發麵饅頭了，喘咳齊來，她越加發浪，弄得店裏不敢用年輕力壯、有頭有臉的夥計，最好，弄個駝腰塌鼻子的，即使管不了她也氣氣她，日後自己去捉鳥，讓他看緊點，別再讓人後門溜上閣樓去鑽熱被窩。

「對啦，試試看。」男人怕把疤二放飛似的，轉一圈又過來說：「你要做得下來，每月三百五也行。」

看你老婆面子，我先吃兩個月飽飯再講。

賬當然沒有算。疤二也沒忘記剔牙，前後用了兩支牙籤。

三

就像幹老本行摸門摸戶那樣熟法兒，疤二進燒鳥舖沒幾天，就摸出點門道來了。女人起初不高興，夫妻在小閣樓上嘟嘟囔囔吵了大半夜；雖沒一字一句聽得清，總猜出點兒意思；女人怪男人冒失，不該收留歪鼻邪眼的浪人；男的不吭聲，堅持試試看。四更不到，女的就蹬男的出門去捉鳥；男的揉眼打呵欠，磨蹭好半晌，才掮了鳥網下來推單車；悄聲交代自己：「小心看著門戶。別把狗呀什麼的放進來。」——他老婆就在閣樓上，門戶全關著，他不交代她？……配不上！我看他倆就配不上。老闆是一張小白臉，空得很。走路連聲咳，像隻吃了鹽的蛤蟆。

「我也趕早起來試試看。」頭一天，施吉一出門，疤二也不睡了，拖張凳子坐著，開前門吹風。一窩野狗在走道上為搶一塊骨頭打架。趿著鞋出去踢狗，後門卻響了兩巴掌。女人在梯口一伸頭，疤二說：「太太妳早。」女人沒搭理，悶悶的把頭縮回去了。有意思！開開後門正對著大水溝，一個高高的戴舌帽的男人正扯開褲子衝著水溝撒溺，路燈的影子在流動的污水上波盪著，像月亮叫風搖碎了。你撒溺，我也撒溺，那男人別轉身吹著口哨，走了，真妙！

別把話給她說，疤二，就算有那麼回事，綠帽子又戴不到我頭上，管她做什麼？常夢見棲風擋雨的地方在監房死寂的夜裏，醒後手摸一地的冷濕，心裏潮得像剛落過一場雨。值夜法警的腳步從甬道的這頭響到那一頭，那聲響像皮手套似的套住人發癢的手。如果一邊是嘩嘩響的錢，一邊是燻鵝烤肉，寧願只偷點兒吃的。如今刑滿出獄了，油水漾到喉嚨管，還想當初那股潮勁兒，人在燒鳥舖混碗飯，總比硬著頭皮白吃強些。

這是ㄐ女當家的店，男人只是個活痰桶，若想端牢這隻碗，非把老闆娘圍住不可。疤二相信這段日子自己走在楣運上，幹那行當，總是手風不順。雖說留在「施吉燒鳥舖」當夥計只是場作戲的事兒，沒打算久待下去，可是，端起熱飯碗時，總想：好歹混過這一年，等明年轉了運再說。

施吉的老婆吉嫂對疤二很冷淡，疤二進門那天，她那張笑臉早就摺收起來了。也不是氣疤二什麼，氣全在施吉頭上，老頭兒生前偏愛這麼個寶貝徒弟，一隻剝掉包裝紙的空火柴盒兒，除掉那張白白的皮，裏頭全是空的！空的！擦不出一點火星兒來！燒吧！燒吧！他只會滿嘴的風流話，燒不起她來！她不能在空火柴盒裏悶守一輩子。早先他藉老頭兒的勢，常把人壓著，動不動抬出一套大道理，想拿紙來包住人心的火，一句也聽不入耳。當初吃他那些風流話跟小白臉迷了，賴死賴活要跟他，圈套上的繩結兒是自己親手打的，怨誰去？也退一步想過，狗鞭、蛇鞭、虎骨酒替他進補，瓶瓶罐罐全塞在床肚裏，沒用，他先天不是那種材料，偏又生著風流性子，補補耗耗，耗耗補補拖了三四年，只能說吃不飽餓不昏罷了！

老頭兒一伸腿，招牌上換了施吉兩個字，哼！家就像是他的了。跑花街、進柳巷、穢畫兒、小美人打架、羊眼圈那些玩意兒不離口袋，回來，逼他頂著算盤跪在樓梯口，他寧可患感冒，死也不改那偷偷摸摸的老脾氣。夜晚歇了舖子，等他等得人呵欠不斷的打，二天睡醒，他早掮了鳥網出門捉鳥去了。半夜醒著等天亮，窗口外掛著紙剪似的月亮，半掩的窗簾叫小風掃得啪啪的，窗下的平房頂上，常傳來咪嗚咪嗚的貓叫；把燈扭亮了，聽一陣，嘆一陣，哪來這許多該殺的叫春貓，叫活了人一心的煩，一心的惱！抱過一只枕頭，嘴咬著枕角，瞪眼數帳頂上一絲一綹的輕紗，許多初生的細蚊在帳外嚶嚶的哭，一顆心彷彿硬被哭死了。

——怪自己跟阿旺嗎？

那個開三輪汽車送海鮮的小伙子，夜晚歇在巷外的貨車上，每到五更天，就到窗口外不遠的污水溝來放溺，口哨吹得挺響的，一股噴上人臉的火似的。「要訂海鮮嗎？……多來迷，迷來多……阿嫂？」那天自己正在涼臺晒架上晾衣裳，晾的是乳罩和紅綢的小衣，小伙子仰著臉，一隻眼斜睨著，另一隻眼像瞎了似的。——怪自己跟阿旺嗎？只怪紙剪的月亮跟那窩陰魂不散的貓。海鮮送到閣樓上，數帳紗的眼不閉也閉了。黑裏的阿旺是一團火，不，是一束艾捲兒，炙得人滿心溫熱。

做丈夫的施吉在人眼裏就像燒鳥，不用說吃，看在眼裏心就膩了；他能花花柳柳不改風流性，自己就能嚐點海鮮味，還他一個公道。阿旺的頭髮根根粗硬，長裏帶鬈，阿旺渾身一股魚蝦的腥氣，無論如何，總比數帳紗等著天亮要好。

施吉這個天殺的，說生意興旺人手太少，硬要請個店夥進店幫忙，一個紅頭髮高個子，一個壯得像咬架的狼狗樣的阿七，來沒幾天全叫他自己辭換了，年輕的進門不放心，年老的進門又嫌人家幹事不勤、起不得早，好！竟把疤二這種縮頭縮腦的人攬上了，——一隻咬生的看門狗，進門頭一天，就忠心耿耿的把阿旺咬跑了。

我要讓你待得久，我就不叫吉嫂了。

疤二從女的眼裏看出那種意思。「噯，疤二東！」「嘿，疤二西！」招來使去活跟喚狗似的。甭瞧我疤二大傻兒，我疤二心裏不傻。早先幹那一行，失了一次風就得咬著牙等著「修理」，好好的人也被「修理」得脫了一層皮，那種罪全受過，女人嘴頭上數說兩句算什麼？

這女人一分一寸都是女人，原汁雞湯那麼醇法兒，鮮得能帶下舌頭去，就是冷下臉囉唆人，那嘴唇也翹得好看。早先也常找女人，在娼寮的煙霧裏，鬆鬆軟軟的白令人倒胃，後來手抓著冰冷的鐵欄杆做白日夢，總愛把記憶裝飾得美些，無論如何也美不起來。

「噯，疤二，你手腳能不能放勤快些，摘點鳥毛像你這樣摘法兒，生意甭做了！」女人手執雞毛撣兒在客堂裏撣灰，有灰也撣，沒灰也撣，彷彿要把一切看不順眼的東西全撣出店門才甘心。

「只怪起得太早了，太太。」疤二有的是萬能鑰匙，能透開每一把鎖：「老闆出門去捉鳥，我這做夥計的還懶在櫃檯肚裏睡早覺，成話嗎？——我初來，不能不這麼想。」

「天下竟有你這麼個笨人?!」女人臉上的神氣顯得活點兒了：「老闆他捉鳥，回來睡一上午，店裏十點才生爐子，要你半夜坐著像夜遊神似的幹什麼？你就睡到太陽出，也沒誰說你起得晏。」

「我這人毛病大了。」鑰匙不妨再朝裏一頂，疤二說：「胎裏帶的，睡死覺，沒人推著喊我，頭頂上響雷我也不會醒。老闆黑清清出門，總扳著我肩膀搖，他走後，我要再躺下去，準又睡死了。」

「我叫你！」女人說：「總比你白天這種懶勁兒好，做事像這麼拖法，看得人煩死了。」

女人把笑放在臉上，疤二卻在心裏笑。——早知妳是那個意思，我落得睡睡早覺。燒鳥舖的生意越做越好，女人把施吉蹬下床的時刻也越來越早。

「哎，夜晚那種樣的精神哪去了？昨晚八點不到，燒鳥就賣完了，你不早點兒下鄉，這門生意也甭再做了。八點上門，市場哪爿店是這等開法兒的！」

男的咿唔賴在床上不肯起來，女的約莫猛蹬一腳，閣樓的樓板也嚇了一跳。格登、格登，一陣樓梯響下來，那個空殼兒照例把人搖醒了，咬著人耳朵交代說：「當心門戶，疤二哥，別讓狗呀什麼的進來把東西偷吃了！」

——他沒說「人」可不是?!

施吉前腳一走，有人就從後面溜進來，在黑裏，拎著鞋子爬樓梯，格登、格登，輕得不像狗，倒像一隻偷嘴的老饞貓。——把鼾聲打響些，疤二。閣樓上燈亮了，燈光從樓板縫裏撒下來，一條條細細的黃。太黃了！令人不忍閉眼去想，心像半瓶酒，裝在偌大的空瓶裏，念頭一動，就醉醺醺的搖曳起來了。可憐那隻揹著鳥網揹著竹簍的烏龜，不知走了多遠了？

疤二大睜兩眼，隔著一層薄薄的樓板聽夢。

「樓下又睡了個夥計，差點嚇得我不敢來了！」

女的聲音透著懶味兒：「一個木頭人當真會把你嚇著了，你放心，疤二這夥計睡死覺。莫說他，施吉曉得又怎樣？我不怕，你倒膽小如鼠怕起來了?!」

——啐！疤二心裏說：我要是施吉，我恁情給妳一刀。啐。我又不是施吉，我才捨不得在妳那細皮嫩肉上戳一刀哩！人比人，氣死人，爬樓這小子要換成我疤二該多好?!在監裏養成的這麼一種習慣——獄裏法警罵過：你它娘「精神分裂」了！也不是「精神分裂」那種酸字眼兒，一靜下來就愛胡思亂想打發時間。——有一回想翻那道紅牆沒翻成，叫捉回來鎖在黑屋裏，不見天日，只有屋頂通風孔旋轉著一點兒照不清人臉的亮，人，有時不得不胡思亂想。

閣樓頂上格吱格吱像地震。疤二嘆口氣把眼閉上了，也不是心甘情願，只因一粒沙灰飛進眼，乾脆閉上算了。一隻雞在對面「關東料理店」門裏的木籠裏叫著，天該快亮了，天亮了就好，那傢伙在人頭頂上如此這般，太過份了，有一天也叫你嚐嚐疤二的味道。

四月天，夜像一鍋不冷不熱的溫吞水，不知從哪兒鑽來一窩貓，叫春叫到客堂桌肚底下來了，春在頭頂上飄盪你不叫？偏到樓下來叫，真是……早覺甭想再睡了。

女人在白天只當沒那回事，疤二也只當沒那回事。施吉回來人累得歪歪的，竹籠裏裝著一籠吱吱喳喳的鳥。快要摘毛了，還在那兒窮叫。世上多的是不可思議的事。施吉不管那麼多，扔下籠子，就上閣樓去補覺。

女人不再那麼留難疤二了。桌子怎麼抹？地怎麼掃？鳥怎麼殺？水怎麼燒？女人一點到，疤二就做得十分周到。這點小零小碎的事，疤二做起來不費吹灰之力，根本用不著女人操勞。疤二一張嘴，天上地下兜著女人轉，直把她奉承得有些發飄。

——別看疤二傻頭傻腦，做事勤快得很，嘴頭兒更加靈巧哩！女人在疤二對面摘鳥毛，一笑就叫疤二拿眼角給攫住了！——我若不叫妳這麼想，我就不叫疤二了！男人在閣樓上夢咯，那聲音空空洞洞，好像多他那麼個人也不算多，少他那麼一個人也不算少。

燒鳥舖的大門對著那條燒著早霞光的紅磚走道，走道上的鐵皮叫風揭掉一大塊沒人修補，霞光就從那兒落下來，把坐在門前的吉嫂的臉映紅了。——今早上女人彷彿容光煥發些，頰上薄敷了一層淡紅胭脂，和霞紅一襯，不知是哪種紅把那張臉弄得那樣動人?!白地開蘭花的薄紗衫子，衫子下面隱隱的現出乳罩來，沒乳罩的地方呈肉色，那許多蝶翅形的藍色的花朵，彷彿從肉裏開出來，隨著她呼吸活生生的微顫著。一雙細白的手比新剝過的蔥根還白，靈巧的摘著鳥毛。——想起不久之前，那粒沙子還在眼裏發癢。疤二，疤二，我雖不相干，我在這兒也得吃份乾醋了。幹竊盜的人見了錢要是不伸手就覺手癢，女人鮮嫩得好像一疊新出籠的大鈔，清清楚楚，明明亮亮，略顯豐腴的兩隻膀子能咬出水來，真是，想這個有什麼用?!一隻蒼蠅繞著她飛了一個圈兒，上午靜得像止水樣的空氣全在牠翅膀下顫動起來。疤二嚥了口唾沫。蒼蠅落在女人裸圓光滑的膀子上。

監裏有個謀殺親夫的女人，住在白房子裏，有人在晨操時指給同監房的人看過，扁扁黃黃的一張臉，帶點兒陰鬱寡情的意味。——那種女人不知怎麼浪得起來的？後來一個傢伙講潘金蓮的故事，許多人都不自覺的摸起自己的脖子來，——那沒有用，那沒有用，她謀害武大，用的是砒霜。

——她倒滿像旁人嘴裏形容的潘金蓮似的。鐵鐐拖在她細白的足踝上，她走路不知會扭成什麼樣子?!

「呵——欠。」女人伸伸腰，呵出一口圓圓的氣噴在疤二的臉上：「這些時，總睡不好，不知哪來許多野貓，老把人夢給吵斷了。」

疤二還是照常摘著鳥毛。——妳要問我，我會說我沒聽到，除非牠們咪嗚咪嗚叫花了眼，一口把我耳朵咬掉當老鼠吃了，我還是睜大兩眼睡覺，我是隻不捉老鼠的貓。

「今早上你沒聽見動靜？」女人說：「一窩貓在樓下打架，我真擔心把盤子打碎了。這些貓只懂偷嘴，放著老鼠不捉，白天窩著睡了，閣樓上，老鼠鬧翻天，不開燈，牠們就在人帳頂上跳。」

太太，妳甭拿話頭兒朝上蓋了。疤二嘴裏卻說：「怎麼？貓叫，老鼠跳，我卻一聲也沒聽到，當真睡死了?!」

女人這回笑得很響。——像疤二這種傻蛋，我要留住他，不能輕易放他走了，再換另一個夥計，怕不會這樣老實了。

四

阿旺並不常來，有時白天倒大模大樣搖進燒鳥舖來，跟普通客人一樣，叫幾串燒鳥，玩著酒杯喝酒，喝出一副醉翁之意來。——比我疤二那天使牙籤剔牙神氣多了。無論如何，有我疤二在店裏，你偷偷可以，西門慶你甭想做了。傻蛋，奸夫坐在櫃檯外，本夫心甘情願的爲賺幾文錢替他煎著鳥，一隻瞎眼的烏龜！早晚有一天會吃大虧就是了！

——想什麼法子弄開她跟阿旺才好?!

施吉出門去捉鳥，女人把時間在阿旺跟疤二頭上平分了，黑裏的一半歸阿旺，亮裏的一半不是疤二的也算是疤二的了。常睜著眼睡覺，想著小閣樓，小閣樓，格登格登，黑裏的梯聲輕輕的響上去了。樓板上壓著床，床上壓著溫溫白白的一場夢。貓也叫，老鼠也跳，一道一道板縫裏透下來的燈光薄得像小刀，把人心全給割碎了。

摘著鳥毛，使竹籤兒把白白的精赤的鳥屍串成串兒，疤二就覺得白天跟夜晚一樣的難熬。該死的蒼蠅也能朝她膀子上落，我疤二難道……真是!男人又在閣樓上咯著了。女人怕聽那種空空洞洞的咳聲，那咳聲像把鎖，把她迷惘的從心底浮上來的笑鎖死在兩頰上面。

潘金蓮就像她這個樣兒。——這種女人你不能黏她，疤二!可不知怎麼地，女人抬眼那麼一望，自己的影子掉在她黑亮黑亮的瞳仁裏，不用說血肉無存，連他娘骨頭也化了!——有那麼一夜也好!誰想久霸著她，誰才是沒照過鏡子的武大哩!

女人跟疤二一道兒忙這忙那，一張嘴不願閒著，找出話來談，談樓上那位沒把日子當作日子過，賺的不夠他花費的，酒家茶室他有精神跑，就沒精神下鄉去捉鳥，早上裝死賴床，非要人推呀搡呀的吵叫。說著說著，竟然抖著肩膀，不知從哪兒把兩滴淚找出來裝點在眼角上，這邊滾到那邊，那邊滾到這邊，就是不捨得朝下掉。一會兒，又乾回去了。——留著下次再用也好。

夫妻倆不知爲什麼在閣樓上吵了一回架，空殼兒男人平常軟癱癱的，這回破例在不該硬的場合上硬起來了。

「妳怪我在外頭花錢？妳就沒想想這半年妳怎麼冷法兒?!我花了錢，沒人怨我施吉這樣不成，那樣不好！」

「你真要有點男人味就好……了……藥瓶藥罐，你數數看床肚底下堆了多少？我在家花錢補你，你個沒心肝的，你反在外頭花錢去耗！」女人嗚裏嗚打，約莫把那兩滴眼淚又搬到眼角打轉了。

男人也只硬不到半支煙功夫就軟了。老鼠好像真在帳頂上跳。「死……鬼！」女人嘻嘻一笑說。那兩滴眼淚又該收回去了。

「噓……」男人說：「疤二在底下睡覺……」——別提我疤二，你們這般那般，我疤二算是睜眼睡著了。誰在後門外多來迷迷來多吹了兩聲口哨，又該是捉鳥的時刻了。男人下樓時天快亮了，咳得直不起腰還是要爲幾個錢去捉鳥。阿旺轉到前門口，碰上男人。這個說：「你早。」那個說：「你早，我送海鮮給疤二哥來了！」

女人搶下樓梯說：「疤二，你不妨再躺一會兒，我替你把貨收好，放在外頭，轉眼就怕遇上饞貓……施吉你還不走，天不一會就要發白了。」——謊隨妳怎麼說，我疤二是隻不捉老鼠的貓，妳分口食我吃吃也就算了，餓著肚子，叫我怎能睡得好覺?!

施吉走了。阿旺也走了。女人亮著燈坐在客堂的竹凳上，幽幽的嘆著什麼，彷彿她也沒吃得飽。疤二臉朝外躺著，櫃檯板上有個小洞，小洞那邊是女人的睡袍，不知是燈黃還是布黃，弄得人心裏一片黃色，抓不著撈不著像在監裏常做的那種夢。女人的腿疊著，一段圓圓的小腿裸露在叉開的袍角下面，使人心跳。

「太太！妳不上樓去睡一會兒？」疤二說。

「你睡罷，疤二哥。」女人軟軟的說：「我不想睡了！方才跟他鬥了幾句嘴，把瞌睡全氣跑了！」

「哎呀！瞧我睡得多死！」疤二抽掉枕頭，透過那小洞，看見洞外的一截緊裹在睡袍裏的大腿和腰：「你們夫妻鬥嘴，我一句也沒聽到。老夫老妻了，什麼事不好說，要吵?!燒鳥舖要靠他撐著，他身子又不好，氣病下來，生意沒法兒做來！」——乖乖，妳迷阿旺迷得太火熱了，應付虛虛軟軟的男人只一宵妳就睡不著了?!

女人彷彿有話要講，拿著竹凳兒坐到櫃檯裏來了。「你說說看，疤二哥，有幾個小本生意人像他這樣?!抓住錢大把朝外潑撒。」女人捏著個講得出口的道理，像愛挑剔的客人在麵碗裏捏起一隻蒼蠅，皺著眉，嘖著嘴，眼睛鼻子附和上了：「當初我爸爸沒睜眼，看他手藝精，把他贅進門，若有我媽在，才不會依他，……她總說，贅個女婿來，鐵錐要能捱三下，……算我命苦呀……你說說，疤二，我哪點配不上他?!每晚一歇舖子，他就老鼠似的溜了，不是茶室，就是酒家……」

講得出口的道理，女人全像炒豆兒似的炒出來了，講不出口的道理全裝在疤二的肚裏，——女人也實在餓得可憐。心裏便有這麼個意思在打轉：哎，太太，近的妳不求，何苦要去求遠？——施吉施吉，你活該帶殼的烏龜！疤二覺得下半身的血潮上湧，上半身的血朝下流，燒著，炙著，弄得渾身不是味道！女人在燈光底下朝空裏說了許多話，疤二是在雲裏，霧裏，嗯著，應著，心不在那些話上。一隻蛾蟲，僅僅是一隻蛾蟲在燈上繞，一塊黑影在牆上繞，繞，繞。火把人四肢百骸全要烤乾了！——管不了！管不了！疤二咬著牙，搓著手，兩眼像抹骨牌似的從下到上把女人狠抹了一番。

——倒楣的天，說亮就亮了。

疤二懊悔起來。——女人若不對我疤二有點兒意思，會跟我說那堆閒話？好好一個機會，硬叫自己三心二意的拖延過去了！留在燒鳥舖，當真爲混一口飯？……人若走上桃花運，把近年來手風不順的霉氣沖沖也好。白天，兩人隔著鉛盆摘鳥毛，捉鳥回來的男人又爬上閣樓去睡了，對面「關東料理店」的老闆癩大正在揮動菜刀剁肉，蹚蹚蹚蹚，把男人那種空洞的嘘咳剁成一段一段，在人頭上滾著。女人眼裏有著諷嘲的意味——不是嗎？膽小如鼠的疤二，我當你是一隻貓哩。女人一定是這麼想的。——不成！既像潘金蓮，她腦瓜裏紋路就不會簡單，她不會謀害親夫，要我當個幫兇吧？乖乖，疤二你可別迷糊。

蛾蟲不再飛了——她帶著燒焦的翅膀，安靜的躺在燈下摺成對角的紙裏。

「你聽，疤二，」女人說：「施吉他這麼咳法兒，就怕要生大病了。」——可憐蟲呀！行房汗沒乾，就冒著冷風冷露去捉鳥，好好的人遇上這事也要睡三天，何況一個空殼兒！他若倒下頭來，就有好戲看了！

疤二縮著脖子不說話，照常摘他的鳥毛。

五

施吉果真病倒了，虛火上升，臉色反比往常紅潤，只是喘氣急迫，鼻翅兒一張一翕，一咳起來像放一掛長鞭，這麼一來，鳥是不能再捉了，只好花錢買旁人送來的鳥。女人常拿話挑眼兒，嘀咕說：

「風流去嘛！怎麼不去了？你早死早好，這樣拖下去，一爿店就給你治病拖完了，風流性不改，你這病不會好！」

——竟有這種跪樓板的男人，跪著、咳著，說下回不再朝外跑了。

「那就跟我睡著！店裏事我交疤二哥去管去！」女人趁機收緊繩圈兒說：「他三月

底進店，轉眼倒兩個月了，你口口聲聲說他老實，他料理店務總不至偷吃扒拿像你一樣！」——嘿，女人當真瞧上我疤二了！

男人的病一直沒有起色，成天在閣樓上咳得使聽見的人都覺得喉嚨發癢，針也打著，藥也吃著，中醫西醫輪流跑，女人等醫生一掉頭就嘰咕說：

「看是白看，瞧是白瞧，早先風流債欠多了，閻王爺按冊兒收帳來了，多拖一天，旁人跟著他多受一天罪罷了！」

疤二把燒鳥舖管得蠻好，一天賣多少，收多少，按數點交多少，一毛小錢也沒含糊過。——女人若真看上我疤二，二合一，現成的一爿店，我連那一行也決計不幹了，無論如何，監獄的酸霉飯比不上油漬漬香噴噴的燒鳥！說旁的全是假，怎樣對付阿旺那小子是真的，施吉一不出門，女人常豎起耳朵聽口哨。——她那顆心還繫在阿旺身上，她忘他不了。

串門兒串到對面的「關東料理店」，問癩大：「嗳，癩大哥，送海鮮的那個，那個阿旺怎麼許久沒來了？」

癩大扯起圍裙抹他那雙巨大的油手：「阿旺那小子楣星高照，開車時，不知胡思亂想什麼，先撞傷人，後撞著樹，人傷樹折，他全部家當底兒——那部三輪汽車也報廢了，就這麼，官司也吃定了。」

嘿嘿，妙，我疤二的楣星轉到他頭上去了。疤二回去沒吭聲，女人也旁敲側擊的提過阿旺一點兒，疤二脖子一縮，照常摘他的鳥毛。

也許虛火上升的施吉反常的關係，女人倒也安靜過一段日子，小閣樓上還鎖著一串春宵。疤二睡不著，黑黑的小閣樓壓在人頭頂上，白紗帳裏包著白白的剝出來的夢，——施吉就伸腿瞪眼也撈夠老本了。討厭的老鼠總在櫃檯板上亂蹦亂跳，嘿，竟把閣樓上的老鼠也攆下來了！「施吉，施吉，好施吉！」黑裏浮著半哼半吟的哮喘——死下人來大吉，好浪的女人，妳把我疤二塞到哪裏去了。

彷彿小閣樓上的床腿就壓在胸脯上，疤二做了一夜亂夢。三個人站在一座黃土色的懸崖上，沒有太陽，風很猛，颳得人衣衫飄飄的。女人穿著那夜穿的睡袍，被風兜得貼在身上，前胸裸線畢露。她忽然啜啜嘴，自己雙手一推，施吉的慘叫聲落進腳下海浪一般的雲裏去了。忽然驚醒，一頭冷汗，心口隱隱發疼，彷彿被那聲尖銳的慘叫撕裂了一條口子，朝下滴著血。

——怎麼會想到這種事，疤二?!真的，怎麼會想這種事的；啐。疤二一翻身，朦朦朧朧又掉進另一個夢裏去了……磨著一把切肉的快刀，霍霍，霍霍。不知在什麼地方，一片深灰的黯地上，到處生長人髮一樣的綠苔，施吉叫粗大的鐵鍊蛇捲著匍匐在地上，女人光赤著精白的身子，頭髮一絲一綹披散著騎在男人背上叫：「疤二，快來！給他一刀，不能讓他喊叫！」，白光一閃，一陣黑暗，旋又依稀看見東西了。人頭吉哩骨碌、吉哩骨碌，轉著打滾，發出怪異的、尖細的聲音：「呃……呃……嘎！呃……呃……嘎！好快的刀！」而沒頭的腔子周圍鼓出膩人的黃油來，血像唧筒一樣朝外冒，所有的黯黑全被染紅了，被染紅了，綠毛長苔化成許多紅斑綠點的小蛇，在血地裏游竄，捲著人，咬著人，好像是在陰間的奈何橋下，血流湧動著，幻彩在空裏千閃萬閃的變幻，女人卻像一朵白蓮花似的飄遠了。「噯！吉嫂……吉……嫂。」

啐！這真是不祥的夢，疤二倒抽一口冷氣，悄悄坐起來，不敢再睡了。——我就是勾上這女人，也只是玩玩拉倒，絕不牽累進去，擔當謀殺的罪名。小閣樓上的燈還在亮著，燈光太黃了。——女人雖夠浪，未必會謀死她那口兒。他病成這樣還顧得著消耗，不謀害他，他也撐不了多久了。

——你完全想錯了，疤二。

二天女人說：「疤二，你睡死覺睡慣了，你不知樓上樓下多少老鼠在蹦蹦跳跳。」一想到昨夜那邊令人心癢的猜想裏的光景，疤二把不祥的夢也忘記了。女人伸手去取盆裏的那隻鳥，疤二也取那隻鳥，半盆血水，上面飄著散亂的鳥毛，疤二的手在水底下抓的不再是鳥。

女人沒有掙扎，只當手是鳥，斜睨著疤二說：「你摸摸看，你抓錯了。」——討厭癩大偏在這當兒咳一聲，是不是他看見了？這老光棍一條，閨女都那麼大了，難道——？

疤二不情不願的鬆了手，女的頭一低，迸出一聲摸不清是嗔是喜是羞是惱是冷是熱的短笑。小閣樓上那個男人又在賣他的虛咳了。

「等歇你上街，」女人想起什麼來：「東街朝北有家中藥舖，櫃檯上放著穿山甲，當門坐個老先生，你去買包老鼠藥來——貓不捉老鼠，牠們鬧得太兇了。」

疤二放開那隻不是鳥，剛去抓起一隻鳥，一聽這話手一鬆，鳥又落進盆裏去了！——乖乖，這麼毒法兒，看樣子，施吉準是兇多吉少。

「別忘了！」女人說。手在疤二手背上輕輕拍了一下，彷彿把幹這種差事的定錢一併付掉了。疤二縮縮脖子眨眨眼，不吉的夢境又叫女人的眼神沖淡了。——我只當不曉得，買老鼠藥又不犯法，我不動手就是了。

找到那家藥舖，大鏡子像照妖鏡似的照出人突出在穿山甲標本上的臉，越看越顯得焦黃。——謀殺跟夥同謀殺不是玩的！疤二。疤二在櫃檯外摸了三遍腦袋，前後心冰涼的，彷彿被槍彈洞穿過，冷風直朝裏灌。

「老鼠藥！」鼓足了勁才半吞半吐的迸出這一句。說了，人也跟著死了，冷冷的等著誰來指著鼻尖說：疤二是幫凶。——倒楣！老傢伙偏偏是個聾子，側過臉，手搭在耳朵上伸頭說：「你買什麼?!」

疤二一口氣把自己噓矮了三寸，眼睛不敢朝鏡子那邊看了。「老鼠藥！」老傢伙一拉抽斗就是一包：「四塊。」他說：「小心別叫人畜吃了！」疤二沒聽見，三步一根廊柱，三步一根廊柱，過了街才覺得人又活了。

監房那邊有座單獨的死囚屋，再隔一道高牆就是行刑場。槍聲從那邊一響，那頓飯在嘴裏就不香了。有些人鬱鬱的開玩笑：「噯，疤二，你想不想喝頓高粱酒？外加一大盤饅頭夾滷菜?!」「怎麼不想來?!」心裏卻一點開心的意思全沒有。——人全這樣，事沒出在自己頭上，總愛在嘴頭上表示點滿不在乎的英雄味，那種鑽狗洞的英雄的名字只寫在警局的黑名單上。一牆之隔，多次那種英雄事到臨頭全軟了腿。——這可不是玩的，疤二。

老鼠藥沒交給女人，偷偷塞在枕頭底下。

——施吉施吉，你要夠交情，就請自己死快點兒，像你老婆那種女人，誰也受她不了，一瓶糊漿，不定哪天把我疤二弄糊塗了，你死與我沒相干，我實在怕吃那份饅頭夾滷菜，也不敢喝那瓶高粱。

日夜有個和尚在心裏唸經。施吉果然夠交情，不能起床了。不論女人心裏怎樣打算，男人病倒在床上，總有些沒抓沒撈，——不知她又打什麼主意，竟把老鼠藥給忘了。她要是給官裏抓去，我疤二即使管不了這爿店，也得捲些細軟，總算沒白待。施吉施吉，一死萬事吉！嘿嘿。

市場裏的同行同業，也有過來探望的，多說幾句不消費本錢的安慰話，不管施吉得不得安慰，說的人倒先自安慰了——施吉沒什麼指望了，男的一死，女的一嫁，燒鳥舖關門，別家也好多做些生意。委實也是，這幾年燒鳥舖生意興隆，把別人生意搶盡了。只有斜對面「老牌當歸羊肉舖」的黃老頭兒死心眼，回去把幾十年前的老單方全撿來了交代說藥怎樣配，怎樣煎，黃老頭兒走後，女人把那張單方握成一團縐，煽火生了爐子了。

施吉硬是不行了，老覺渾身飄上飄下，五臟六腑彷彿被人挖掘過，沒還原，就算還原也沒安置妥貼，弄得人打裏朝外疼痛。醫生說：虧損太大，內部空虛了。這好比白螞蟻啃過的木頭，虛有其表。……卅多歲的人，肝呀、膽呀、腎呀，全出了毛病。——傷氣不傷氣！施吉？人可不是雞鴨，早先有一回，狗咬鴨子咬破了嗉囊，腸子也淌出來了，誰把腸子用溫水洗洗塞進鴨肚去，嗉囊上縫它幾針，頭天縫好，二天搶食比旁的鴨子搶得還兇。一到自己毛病重了，不由想起多少年前那隻鴨子，恨不能把內臟拖出來，換副新的才好。

不甘心就這麼死了！讓她稱心稱意的改嫁去。他對她不是不好，入贅前她就是換過主兒打過胎的黃花，兩人不在一張床上，她愛的只是一張白臉，成婚後，她要火來燒她，自己是條過了氣的回爐炭，燒上天也只文火一把，經不得她三撩兩撥，只落一堆熱灰。他曉得這個，什麼天長地久，全是騙人的話。——她能守一年半載也算好的了！

那夜醫生不再開藥，他精神看上去反比往常要好。女人搬出她用過多少回的兩滴眼淚，看在夫妻一場的情面，她狠著心把它擠落在他無力的手背上。她抽搐著，想起兩個月沒見面的阿旺。——文火一把也是火，總比兩頭落空好；夜夜有風吹動白紗帳子。兩支帳鉤兒空自搖晃著會勾起人傷心的遐想。

「我的天！我的天！你不能就這麼走呀……」——你最好等阿旺回來再走，我也好跟他仔細商量。嘴上說是說，心裏想歸想。

疤二也上樓來了，坐在樓梯口抽著煙，腦袋墩在脖子上，轉著圈兒胡思亂想。那邊有口小小的鐵箱。——唔，那口鐵箱。老幹竊盜的人，眼像X光一樣，什麼也擋不住它。——一個老婆跟一口裝著燒鳥舖積蓄的鐵箱。疤二苦著臉在心裏偷偷的笑。——一個老婆跟一口鐵箱，一個在人心上久久滾著的夢。刑警、法院。去它的！我疤二不想再端那酸霉的糙米飯了。我要做一套西裝，把名字寫在招牌上。——金黃底兒，寫上紅字，又喜氣，又堂皇。——阿旺那小子不知會不會趁這個機會再來？阿旺那小子……一想到阿旺，心裏不再漾呀漾的了，只把愁苦還留在臉上。

「這兒用不著你，」女人說：「你下去睡吧，疤二哥。」

疤二下去還是睡不著。外邊忽然下起雨來了，雨點兒又大又密，重重的打在簷口那些鐵皮上，擂鼓似的噪叫著，把人心噪得七上八下。——她不用老鼠藥，像施吉那樣虛弱法兒，只消把被頭扯上去一捣他就完了！——嗨，捣也不必捣，不是嗎？橫豎他拖不了好久，三五天也不定，十天半個月也不定。——噢，不成，一天也不成！拖到阿旺那小子回來，機會就沒了。雨在黑裏鼓噪。女人忽然用驚惶的聲音叫：

「疤二哥，快來挪人。他……他……他……不行了！」——乖乖，她手腳快得像殺鳥。

施吉硬是不行了，虛火把一張臉燒成紅布，兩眼癡癡迷迷的瞪著，黑眼珠朝上翻，彷彿要數他自己的眉毛。

「還楞個什麼？」女人說：「快揹他下樓去，下一扇門板安放他，再遲，只怕他就要死在床上了。」

疤二挨過去揹起施吉，那個渾身像火炭似的，隔著衣裳也燒得著人脊背，一口氣像游絲，熱呼呼的從歪躺在人肩上的腦袋裏冒出來，吹在人後頸上，吹得人遍身發毛。彷彿說：「疤二！疤二！她謀算我，你竟也想謀算我？你枕頭底下那包老鼠藥，怎不拿出來?!」——全是她，全是她，我說施吉，你死了也不用找我疤二。

疤二哆嗦著下梯子，走到一半，後頸上再沒人吹氣了。施吉的下半身全是軟的，腳面兒勾著木梯，格登、格登的響著。——我的天，我疤二這不是揹著個鬼在身上?!

女人在後面用尖而亮的嗓子嚎啕起來，彷彿要讓全市場的人都能聽見。有幾隻不知好歹的公雞拍著翅膀在雨聲裏啼叫。施吉走了，像往常這時候他出門去捉鳥，撇下女人他不再管她了。

六

死在店裏，又遇著夏天，沒有停靈這回事。請醫生開死亡證明，叫開棺材舖的買棺材，辦這辦那總共只花了一個上午，施吉的棺材就下了鄉。

墳在離城三里的公墓上，他生前常來張網捉鳥的地方；棺材落下坑，無數鳥雀全在吱吱的笑。工人在圓土，女人聊盡心意哭了一場——「施吉呀，你這麼忍心撇下我去了呀！」——阿旺你死到哪兒去了？一去就不回來?!……

疤二在新墳前焚化紙箔，心裏禱告說：施吉，你這個空殼兒，晃晃盪盪活在世上也沒意思了，躺在這兒，眼不看，耳不聽，反而沒煩惱，你老婆她，我替你好生照顧，絕不讓她再跟阿旺那小子要好，我這份醋，你別吃了，保佑我成事，我疤二按時燒些紙錢，讓你在陰世照樣風流就是了！

雨季的天，一陣陰一陣晴，回到市場來，又落起瓢澆似的大雨來了。燒鳥舖暫時歇了業。門板上貼張白紙，寫著「忌中」的字樣，走道上溜起的陰風旋帶著幾片紙箔的餘灰，飄搖飄搖像莊周夢過的蝴蝶，施吉可沒改編歌仔戲裏的莊周那樣神通，女人一點也不擔心這個。

而疤二卻怕起夜晚來了。人在櫃檯，肚裏想女人，溫溫柔柔的一團白，就在頭頂的小閣樓上聽得見女人翻身嘆氣。她有那個意思？她沒有那個意思？黑裏的老鼠在這邊吱吱叫，在那邊吱吱叫。雨點在鐵皮上擂鼓，咚咚咚咚！好像盹著了。猛可的，眼前飄出施吉的影子，咻咻的衝著人後頸噓氣，噓得人寒毛直豎著。

「床頭那包老鼠藥，疤二！」那個空殼兒說：「你脫不了圖謀毒殺的罪名，閻王爺要敲你的骨拐！」……忽又現出早上的光景，施吉的屍首就躺在客堂的門板上，臉蓋一張白紙，有七八隻蒼蠅聚在靠死人鼻孔的地方，攆不開，眼一花，彷彿見紙下的人臉七孔流血，把白紙染成紅花的花瓣兒形。再定神，白紙還是白紙——幸虧沒把老鼠藥交給女人。

疤二嚇醒過來，悄悄摸起那包老鼠藥，拉開後門，把它扔進污水溝去。——心裏事，誰看見？真是！我疤二有什麼好怕?!可在心裏總有些惴惴的，一到想挑逗女人時，就覺後頸上有人噓氣。只好拋開挑逗，專門獻些小殷勤。

在施吉的「七」裏，女人就像天氣，陰一陣，晴一陣，對疤二忽熱忽冷。疤二再殷勤，疤二也還在她眼角，不在她心裏。阿旺不來，她躺在閣樓上偷偷照鏡子，紅嘴白牙，到處全有燒著的眼望著她，嫁給誰麼？不知道。女人總得跟個男人，掛起帳子做夫妻，總不成夜夜瞪眼數帳紗。也在閣樓上哭過，也想過跟施吉那份半冷不熱的枕上恩情，有什麼用?半夜醒來,床上沒人,風牽白帳子,醒來一床淒冷。

「別這麼癡癡的追戀著老闆了。」疤二說,話頭像老鼠,朝人心裏打洞:「妳年輕輕的,算盤要朝遠處打,錢是妳的,店是妳的,生意又興旺著……老闆再好,子息全沒留,妳巴呀守呀沒這個道理。」

女人心裏漾漾的,嘴上卻罵:「疤二哥,你說的是什麼話!你把我當成那種女人?!施吉那死鬼屍首沒冷透哩,你勸我改嫁?!」

「我……我……」疤二劈頭捱了一棍,舌頭也有些捲了:「我是爲妳想,句句真心話;改天上墳,妳跟老闆燒幫紙,跟他叩頭說明,一了百了。話悶在心裏,我不能不說,聽與不聽全在妳。我疤二只是夥計,不定哪天說走就走,來時空著手,走時也不需捲行李。」

女人沒再吭聲,她早就是這個意思。

六月天,施吉滿了「七」,女人要去上墳。疤二在櫃檯肚裏盤算了一夜。墳上是個好地方,不像市場小閣樓,左鄰右舍,只隔一層木板。那天朝來灑了一場牛毛雨,城裏下的滿地溼,城外下的一片青,太陽從雨意未了的雲裏透出來特別的鮮亮。女人穿著薄薄的尼龍的衫裙,飄飄的走在前頭,疤二提著個盛著祭物的蒲包跟著走。離開汽車招呼站,要翻過一道土坡,沿著一條彎曲的水圳走半里才能到公墓上,無數竹叢的綠蔭遮斷小徑上的太陽光，女人的白衫子一忽兒叫染綠，一忽兒又叫染黃，尼龍紗擋不住那邊的太陽，紗裏隱隱的顯出女人赤裸的影子，一團圓臀搖晃著，裙裾叫溫風掃得飄飄的，裸圓光滑的小白腿，一步一步都彷彿踩在人拴不住的心上。公墓上沒有人，既未到鬼節，又走遠了清明，一地的野草沾著雨露，墳頭上追逐春情勃勃的鳥。

「哎呀！施吉的墳在那邊？」女人說，轉身望著疤二，黑眼裏有著傷春的嘆息：「這才幾天?!墳頭全都綠遍……了……」

「那邊。」疤二說。女人跟他到那邊。疤二沒指出施吉的墳，卻拋開盛香燭的蒲包，撲過去抱住吉嫂——那就是他算盤上撥出來的意思。

女人起先驚震著，拚命掙扎，罵盡一切女人能罵得出的話，她的指甲陷進他的肉裏，他肩膀的衣裳全被她咬爛了。

「不能……不能……」女人說：「鬆開我——我要喊了！」

疤二不理會了，滿天火燒著炙著他，他要點兒清涼。慢慢的，女人閉上眼不再掙扎。她閉上眼，草是軟的。鳥在叫：「施吉……施吉……好施吉……」「阿旺……阿旺……好阿旺……」有一朵開殘了的小黃花在她鬢邊不遠的地方散落了。她睜開眼，那不是施吉，不是阿旺，只是一張貪婪的醜臉，露出使人噁心的笑。

「啊！」女人把雙手插進頭髮裏，死命撕扭著：「施吉！你該死！引進這個天殺的來！」

「天殺也好，地殺……也……好……」疤二牛喘著：「只別再提施吉，他……死了！他不是……死了?!」——這種女人只會裝模作樣，其實是「牆頭一棵草，風吹二面倒。」我疤二總比施吉那空殼兒強，「有」總比「沒有」好。

他不理女人哭罵，伸手捏去她髮上的碎草。

七

女人有了新的打算。疤二不在她心裏，雖說她閉上眼他一樣像阿旺——總不能一輩子閉上眼過日子?!小閣樓不像公墓，三面全只隔層木板，這邊聽得見那邊咳嗽，自己不情願，他就不敢。有一夜，他酒氣呼呼的爬樓，她用枕頭被子摔他下去，她踢他像踢一隻狗。疤二那天在公墓上的野性全沒了，把她摔下去的枕頭被子摺得好好的送在樓梯口，自己鑽回櫃檯肚。他那天被咬的傷疤還留在肩膀上，一塊一塊紫紅色——有一天妳會找我。妳不是怎樣正經的女人！

人流在市場上流來流去。「施吉燒鳥舖」還是「施吉燒鳥舖」，小寡婦！嘿嘿，小寡婦！板車工、不三不四的船員、魚販，全聚在燈下鬨笑。酒下肚，眼就發燒。疤二縮著頭——你們別神，你們算白費心機！一個精明女人肚裏有把小算盤，三下五除二，她要的是老實人，好讓她鎖得緊箱子，你們攪不去她。

笑聲飄到對面去，「關東料理」店的癩大心裏像針挑一樣有點兒疼了。不知何處一句詩——近水樓臺先得月。飄來盪去，還等什麼？癩大。真是！還等什麼？癩大。早年不知事，娶來板夾似的桂花她媽，沒風沒浪一汪死水，他只從死水裏撈出一個跟她媽一樣長相的桂花。越是那樣女人，越像一條醋溜的魚，從頭到尾一股酸味。廿年日子悶在不見天日的料理店裏，煙燻火烤的顏色像身後的板壁一個樣兒，折了翅的啄木鳥，她是一棵沒蟲的枯樹。——若說望五十的人對對面那個小寡婦動心，真有點兒……何況自己眼看著她一分一寸長大。

癩大緊一緊手裏的刀，在菜板上敲出有節奏的點子。——她從小就這樣白，不穿褲子蹲在水溝邊玩污水。自己常拿雞似的拿起她，扭開水龍頭沖洗。——她為何不早生幾年?!女人在燒鳥舖裏打轉，飄來軟軟的笑聲。癩大抬起臉，一刀差點剁掉指頭。——後來她竟嫁了施吉?這種女人竟嫁了施吉?!兩把刀在板上叫：娶她，寡婦寡婦，娶她，填房填房，癩大。女人又在那邊一閃，癩大把切破的食指放在嘴裏吮血了。

——若不如此這般……癩大這回認真想了！她不會肯跟我這種人。她一口一個阿叔，我整比她大上一倍。

晚上歇了舖，一把抓了疤二過來，兩人在料理舖黑角上喝酒。

「疤二哥，我跟你說句話。」桂花上了樓，癩大才理開話頭。

疤二有了酒，脖子伸出來了：「有話跟我直說好了，癩大叔，別半吞半吐。只要我疤二能盡力，一定，哎，我一定……」

「我想要那寡婦！」癩大說：「這個忙你得幫一幫。」

疤二眨眨眼——這好，老傢伙也插上一手了。「噢！難難難！」疤二說。脖子又縮回去了：「我只是個夥計，說話沒份量。你們老鄰居了，真有這個意思，何不託人同她講？」

疤二懊惱起來。癩大拳起碗粗的胳膊，骨節喳喳響——我到嘴的肥肉能讓你?!……那口鎖著燒鳥舖積蓄的鐵箱。那口鐵箱。鐵箱。

「我要她。」癩大噴著酒氣，女人的白影子在眼上跳：「我受不了！我那死鬼老婆一輩子沒讓我睡過一場舒心覺！我說，疤二哥，一個鰥夫，雖說四十好幾了，哎，我總是名正言順……怕只怕她不肯，這事兒就……只有……」癩大把話掐斷，湊著疤二耳朵說了。

「嗳，那不成。她又不是羞眉嫩臉的閨女，叫起來滿街全聽得到！再說，她一顆心早在阿旺身上了。」

對面那隻粗大的手捏著酒杯，彷彿要把什麼捏碎的樣子。——這一帖藥方見效了，疤二咂咂唇說：「你若想成事，非得想法子支開阿旺不可。」——只要你支開阿旺，她就是我疤二的了。

癩大沒吭聲，還在捏著酒杯。

「這事不用急，癩大叔。我們慢慢再計較。」

回到對面櫃檯肚裏去，熄了燈，外面又落起不大不小的雨來了。落雨天，寂寞天，肚裏剛裝二兩酒，渾身全有螞蟻爬。蚊虻在黑裏唱著，到處是油味鳥味陰霉味。上墳那一天被隔在許多回想的那一邊。——該死的癩大！

燈光從小閣樓的板縫落下來，一條一條細細的黃，彷彿是那天她穿著白尼龍衫裙走過溪邊小徑時的太陽光。噹的一聲，有什麼被摔碎在樓板上，爆出玻璃碎裂的聲音，她沒睡。疤二也睡不著，一腦子墳和草和鳥叫。那天她在軟軟的草上，軟軟的風中。她散髮上釘著碎碎的草刺，雨後的水珠染溼她身下的衫裙，她閉上眼吐一串兒顫，像游魚吐一串長長的水泡。——疤二，再不找機會拿定她就晚了！怎樣拿癩大對付住阿旺？怎樣拿阿旺緩住癩大？非得趁早拿定主意不可。但是今夜這雨聲……疤二爬上閣樓時，女人倚在枕上吐煙圈，一面圓鏡碎在地上。

「別攆我，別攆我。」疤二說。膝蓋一軟就跪在樓板上：「我只是上來撿……撿玻璃。」

女人細瞇著眼：「照照你的臉，疤二，我原當你是好人，我瞎了眼了！」

疤二只跪著，碎鏡上映出只穿內衣的女人，幾乎半裸。一陣風牽動罩燈，鏡片裏的女人旋轉起來——女人！女人！女人！燈！燈！燈！咪嗚咪嗚貓在雨裏叫，就是今夜，眼裏亮著火。床在那邊。心裏是墳和草。疤二一伸頭，腦門上捱了一枕頭。

「滾！」女人說。

疤二死死的抱住那隻枕頭，賴著不動。

「滾！滾！滾！」女人嘎聲的叫。

「噓……」疤二中指按著嘴唇。

「那麼，滾！」疤二還是像冰球一樣滾下去了。

——我想必是遭鬼迷了！疤二想。哪天她心回意轉?!

八

「滾！滾！滾！」

板壁那邊十八歲的桂花把眼全驚大了。她睡裏間，爹和媽生她那張床就靠在吉嫂的床頭。十八歲了，瓜子臉黃黃白白，心也黃黃白白害著鬱鬱的小病。——能記事時，就在自己睡的床上，爹跟媽常爲脫衣裳生氣。媽發了瘋似的雙手護著褲腰，又哭又叫，口口聲聲說：

「你別這般拿人作踐，我累得脫虛了。」

有時爹贏了，平安無事。有時爹輸了，到外間喝酒，喝醉了捶著樓板罵人，把能罵的話全罵遍了。

「妳還有臉管我?!奶奶的！我明天要去逛茶室去了！」

媽喘氣抹著胸口，發了吐血病，一口一口的鮮紅染著枕面上交頸的鴛鴦鳥。

媽跟自己說：「聽聽看，桂花！男人麼？全是狗……全是……狗……」

十八歲了，她還不懂鴛鴦是哪種鳥，看見狗，就想起男人。

「那麼，滾！」

她也聽見了。她住閣樓上，多少年夢醒時常聽見這些。總是這些。爹和媽。施吉和吉嫂。喘息，鬧，吵。風在這邊那邊弄床帳，說不完的細聲細語。她不懂。一樓的霉悶和黑全沉在黃黃白白的心裏。

六月底，阿旺走過疤二的眼，又黃又瘦，幾乎認不得了。一場撞車的災難，住院加上開刀。要說的全說了。

「朝後打算怎辦？一回把老本蝕乾了？」疤二說。

「住下來再說。」——這小子！我疤二擋不了，非借重癩大不可。癩大是冒險下注：「我留他當夥計。」疤二卻添上一條妙計：「不下本錢，休想貼死他，頂好如此這般，拿桂花套住他！女人念頭一斷，怕不跟你癩大叔嗎？」——你別笑，只怕女人未必跟你，她心一回意一轉，就是我疤二的人了。

一口小鐵箱在夢裏閃著光。

阿旺正愁沒事做，癩大一開口，阿旺就進了關東料理店。好像一隻麻雀飛進預先安排的鳥網。

「我是一天不如一天，年紀大了。」癩大說：「難得你肯進店，幫我一陣忙，我早上也好放心睡睡懶覺，碎事你幫著桂花料理去。」

阿旺沒聽見，昨天聽誰說施吉死了，難得癩大叔留住自己，近水樓臺，多來迷，迷來多，先安下來再說。

女人忽然聽見那種聽熟了的口哨，對面叫小風掃起的深栗色的門帘兒那邊燒著一雙看熟的眼，口沒開，眼線就先隔著通道搭上了。彷彿在兩眼漆黑的深井裏撈著了金銀財寶一樣，女人眼前亮了，——要想跟阿旺敘舊，非踢出疤二不可。

疤二不在乎，滿心通明透亮——嘿，慢點兒，要踢走我疤二可沒那麼簡單，阿旺只算玻璃缸裏的金魚，妳只得看看罷了。

天黑時，各人睜眼做著自己的夢，夏季裏天長夜短，轉眼雞就叫了，天只在別處亮著，一城的黑都逃到市場裏來了。

「喔……喔……哦……」關東料理店的竹籠裏有隻錦毛綠尾的大公雞，不知馬上就要捱刀殺脖子了，也理開喉嚨跟遠處雞啼一道兒湊熱鬧。

「喔……喔……哦……」那聲音聽在桂花耳朵裏就變：「小桂花……快……殺……我……啊！」每到這時就要起來，下樓摸刀去殺雞，瀝盡了血，扔到屋角去任牠們蹦跳。今早下樓，腳步放得特別輕些，昨天爹不是把早先送海鮮的小夥子攬到店裏來了。店堂裏黑漆漆的，阿旺圖風涼，把店門開著一條縫，拖張草蓆攔門睡著，正把雞籠給擋住了。平頭黑臉，迎著簷外一縷從鐵皮破洞裏漏下來的天光，呼呀呼的，鼾聲打得很響。

——跨過去，桂花。儘管心裏有那麼種聲音，那雙腿卻軟軟的邁不出去。桂花手扶一張椅把兒，也不是站著，也不是蹲著，滿心裝著呆和傻。一條夾著尾巴的狗從通道這一頭嗅到那一頭去了。——再不殺雞，眼看天就亮了。阿旺沒有動，桂花下樓時他就醒了。——桂花雖長得不怎麼樣，黃黃白白裏總帶三分冷冷的溫柔，桂花像是原罈酒，笑起來右邊頰上的單酒渦常漩出醉人的酒味，只是有些單薄了。——撞車前碰到個相面先生，攤子設在廟亭裏，沒要他看相他也看上了：

「我說，這位先生臉上帶青，眉心發黯，要不是犯了白虎，就是遇上了妖精……出門趕路，千萬得要當心。」……人從吉嫂的小閣樓剛出來要開長途車販貨，一聽這話，十塊錢非花不可。——只恨當初沒把那事放在心上，半路翻車差點送命。——寡婦命要不硬，會把男人活活剋死?!若真是……倒不如選桂花還妥當些。——你憑什麼，窮小子阿旺?!你如今什麼全沒有，兩腿架著個餓肚皮，兩肩扛著一張嘴，甭在那兒做夢了!

桂花等了又等，不見動靜。——還是跨過去吧，桂花。剛想跨過去，阿旺一翻身，桂花不驚還好，一驚，腿一軟，不知絆著什麼跌了一個不該跌的跤，偏又跌到不該跌的地方去了。

阿旺裝著半醒半睡，一把擁著閨女像翻身擁著一床棉被。桂花是喊不得，呼不得，好容易才掙起身。

「啊!誰!」阿旺明知故問說。

桂花臉紅得怕被誰看到，悄聲說：「對不住，我想過去殺雞，沒小心踩著你，跌了一跤。」

「沒要緊，沒要緊。」阿旺正經起來：「我不知會睡得這樣死，昨晚圖風涼，沒扯蚊帳，上半夜蚊蟲多，直把人叮胖了。妳有沒跌在哪兒?」

桂花說不出來跌在哪兒。——妳跌在哪兒我全知道。——阿旺是有趣的人。桂花要去抓雞，阿旺把舖蓋捲好。兩人一說一搭，對面燒鳥舖的疤二咧著嘴笑，這才頭一天，阿旺這小子就像要進網了。

天越來越熱，市場的飲食生意越做越好。早也盼阿旺，晚也盼阿旺，如今阿旺在對面舉眼就能看到，見面說話就像平常人一樣，只在眉梢眼角換點兒情意罷了。——只怪疤二這隻螞蟥，成天把人釘死了。早先他死睡不醒全是騙人的話，他如今醒得比挨殺的雞還早，若說就這樣把他辭掉，讓他好腿好腳走，未免太便宜他了，再說他外表老實，滿肚子壞水，讓他把墳上那一回到處宣揚總不妥當，非得跟阿旺找機會商量不可。

抽疤二上街的空兒，兩人談了三言兩語，阿旺說：

「真是，妳何不讓他下鄉去捉鳥?!」

——不論她是什麼樣硬的命，阿旺早就想過了，總念念的忘不掉。退一步說，能腳踩兩條船也未嘗不可?!依疤二的說法：「阿旺，自己弟兄，我才跟你說這話，吉嫂這種楊花水性的人靠不住，你要想坐穩一爿店，不如把桂花弄上，真的，癩大沒子息，到時兩腿一伸，什麼全歸你，穩當透了！」——嗨，也不是這麼回事，若把兩人全捏成一個就好！

就算安排了阿旺跟癩大互相扣搭著，疤二也佔不著便宜，夜夜睡在櫃檯肚，縮腿縮腳，破蚊帳擋不住蚊蟲，把人叮得像烤紅的龍蝦。自從阿旺露面，女人就懶得拿正眼看自己，望著女人一臉霜，連光光白白的夢全沒了。

「噯，疤二哥。」女人的聲音竟然回軟了：「送鳥的來說，鳥又漲價了，店裏事忙，我想再找個半大孩子來幫忙，打明兒起，你學著下鄉捉鳥去。事是人學的，我不問你捉多捉少。」

——好，我知妳要來這一手。疤二在心裏笑。——妳別以爲弄走了我沒人看著阿旺，對面的桂花起得比我更早。可不知怎麼地，掮起鳥網出門，心懷鬼胎似的想起施吉來，——我說疤二，青竹蛇兒口，黃蜂尾上針……那女人，說不定要你走上施吉的老路，讓她教唆阿旺去買老鼠藥。女人再惹火，到手不過那回事，全不是夢裏那種黏黏答答，溫溫暖暖，討了便宜柴，去燒夾底鍋，划不來！這年頭什麼是好的？有錢才是好的。腰裏揣銅，走遍天下，別說小鬼來推磨，城隍土地一樣哈腰。女人順水貨，有錢到處有，我疤二何苦這樣死心眼兒?!三人搶一個，活像狗搶骨頭，搶贏了阿旺，未必搶贏癩大！

人到鄉下腦子靈活多了，主意轉著圈兒，轉到末尾，落在那口小鐵箱上。——只幹這一回，只要得了手，我疤二改「邪」歸「正」，不花光它絕不再偷。

九

疤二一出門，女人就在等阿旺，黑在小閣樓中，夢在床上，白紗帳子在風裏影影綽綽的飄動著，一隻蚊蟲想撞進來，一隻蚊蟲想撞出去，嗡嗡的小翅上馱著一縷非非的游想，僅僅有一顆星，在小窗外的墨藍裏眨眼。

阿旺早就醒了，疤二怎樣出門，他全都聽到，正想起來溜過去，誰知竹籠裏該殺的公雞又幸災樂禍叫開了，格登、格登，只要雞一叫，桂花就下樓，滿心想，溜不了，渾身起火沒處燒。桂花蒙在鼓裏不知道，殺雞前，手挽著門帘兒，半遮住那張黃黃白白的臉，搭訕幾句平常話，店裏微藍帶黑，看不見她臉上起不起羞紅？

「天好黑，阿旺。」

「唔！黑得很。」閨女上前兩步，手扶著半扇敞開的門，從鐵皮的破洞上望天色，七分黑，一分紫，半分白加上半分藍，晴天的五更，兩顆芝麻綠豆粒兒星在天上眨眼。

「那兩顆是什麼星？阿旺？」

阿旺望著桂花的臉，也只在每天這種時辰，她的臉才有兩分顏色。——她把我看得倒緊。他上前跟她並立著，一隻胳膊無聲無息的探出去，攬住她的腰，耳語說：「那一顆是我，這一顆是妳……」

閨女吃一驚，忸怩一下退進黑裏，又扯著門帘兒遮著臉，在那邊說：「賊！小心我爹剝你皮。」

阿旺捉住她扯住門帘兒的手，他輕易的攫住了她。她掙扎說：「我要喊我爹了。」「不要吵醒他的早覺。」他吻得她出不得聲。門帘兒飄來飄去的打臉，那些深底兒白字上寫滿各種料理的名字，——總離不開海鮮味。

黃花就在黑裏落了。「好，阿旺，你這人面獸心的小子！我好意收留你，你竟做出這種事來了！」彷彿在耳邊聽到癩大的聲音，自己撞不出去，陷在網裏。白天，癩大在廚上掌刀。阿旺站在一邊，望著戴白帽子的電燈泡發楞。癩大像要和誰拚命似的，赤著上身，露出胸脯的一撮黑毛，咬牙切齒的揮動手臂，兩柄亮霍霍的菜刀在肉案上飛翻。殺他！殺他！殺他！廚刀在癩大手裏大喊著！殺！殺！殺！阿旺覺得脖頸冷冰冰像漏了風似的，一滴冷汗落在手臂上，一直冷進骨頭裏。

殺他殺他殺他！轉眼又到了夜晚。

一盞小小的方燈在通道上搖晃著，賣當歸羊肉的黃老頭到大街上出擔子去了，市場的人流來來去去，喧嘩聲裏，有按摩人淒涼的夜笛游在遠遠的長廊上。——阿旺呀，你算遭鬼迷了，怎麼會跟桂花……殺他！殺他！這不是老虎嘴裏摸牙？

女人在對面的櫃檯裏坐著，又不是遠在天邊！女人朝前微傾著身子，一隻手托著腮，朝自己斜眼望著，有些傻楞楞癡迷迷的哀怨，那張臉越在遠處看，越顯得白淨柔圓，她穿著黑紗衫子，白膀子一截藕似的。——桂花瘦得很，又生著稀黑的汗毛，像沒刮淨的豬皮，怎會跟她？真是……

無論如何，阿旺是擺不脫桂花的了。七月初，風也像在油鍋裏滾過了，吹在人身上，不清不爽。想不到黃黃白白的桂花，面上是冷冷淡淡，心裏卻熱如火炭，嘴裏是蔥，腋下是蒜，使人一見就打飽嗝。桂花天生不會拋眉弄眼，老站在人身後，手攀著竹窗格，朝人傻看，那種滴油的情意好像叉燒。——不回頭，阿旺。桂花急起來，手抓得太緊，轉得竹枝兒吱呀吱呀的尖叫，好像一窩老鼠滑下油鍋，弄得客人都轉臉來瞧，幸好癩大還彷彿什麼全不知道。

女人自己在對面烤鳥，眼光越來越帶著怨毒了！阿旺覺得自己也恍惚被她穿到鳥串兒上去了，這邊也要煎一煎，那邊也要烤一烤。疤二又說了：

「我說阿旺，閉上眼揀一頭就算了，穩得一爿店，幹嘛還要心猿意馬？癩大那脾氣你是曉得的，你要讓桂花受委屈，當心他在你腦袋上磨刀。」

疤二費盡心思才窩住阿旺，癩大卻又一分不讓的逼過來了。店舖說話不方便，兩人轉到屋後的污水溝，倚著牆站著。污水在黝黯裏流淌著，一盞歪脖子路燈孤伶伶的在水面上弄影，遠處的燈火只是許多小白點子，斑斑駁駁映亮兩人的臉。

「我是依你依到底了！疤二。」癩大說：「阿旺跟桂花看樣子滿好，餘下來的事是我的了。缺錢用，你找我，你一定得幫忙把我的事辦妥。」

疤二縮著脖子只管搔頭皮，癩大一股勁望著他，那種眼光使人駭怕。——我要不鬆手把女人讓他，弄動了他的火性，吃不消兜著走的日子在後頭，——算了算了，疤二，光棍不吃眼前虧，我只要有了那口小鐵箱，什麼樣女人拾不了一口袋?!

「你到底是怎麼說?!」癩大催促說。

「哦！」那個嚥回口水：「你進門，我把風，只是『閨女犯猛，寡婦犯哄。』你得好歹哄著她點，弄砸了，是你的事，可不能再來怪我。」

「你說定個時間。」癩大咬住勁說。

疤二躊躇一下：「後天，後天晚上就好！」

「找個地方喝酒去。」癩大說。——誰有心腸喝酒?疤二心裏不願意，還是跟著去了。夜晚燠悶得很，一街脫光了的燈，八面全映下人的影子，深的淺的明的暗的，癩大走在前頭，疤二跟著。配鎖匠在那邊，一口小鐵箱的鎖匙樣子早描好了，揣在貼胸的口袋裏。有錢就買得著女人，「嗳，疤二你買誰?」……金寶麼?花街拐角，她常倚在門邊，一臉微微朝上抬，兩眼有意無意的瞄著人上衣口袋，誰口袋有鈔，她跟誰好……香荷麼？一朵落花的年紀，渾身雞皮皺包著一把懶洋洋的骨頭……，有錢不買殘花敗柳！

那邊正是那家中藥舖，大東街，門朝北，閃光的長鏡前面，蹲著那隻褐黑的穿山甲標本。疤二一回臉，乖乖，穿山甲彷彿翹著嘴，彷彿似曾相識，唆弄戴眼鏡的老頭說：

「上回買老鼠藥打算害人的，就是他！就是他！」——去你媽的蛋，我不是扔到污水溝了?!心雖這麼想著，腳底下卻抹油似的加快起來。

——好在過了明天，我疤二不回來了。

咦！那不是癩大的女兒桂花，老鼠似的溜進中藥舖。嗯？她來中藥舖有什麼事？糟，兩個出來喝酒，能拖得住阿旺的桂花也出來了，燒鳥舖只留下女人，料理店只留下阿旺，看樣子，兩人又合到一堆去了。——桂花來中藥舖？她來中藥舖？她是不是肚裏有了毛病了?!

癩大在前面走，癩大是什麼全不知道。想女人還沒想到手，卻先把閨女貼出去了。「嘻嘻……」疤二嘴一咧，癩大就回過頭來說：「神經不神經，疤二？走路走得好好的，有什麼事值得這樣好笑？」

施吉死後一百天，女人說她要去上墳。「下午兩點出門，也許回來晚些。」女人跟疤二說：「你好好照應著門。」

疤二滿心癢癢的，墳，墳和草和鳥叫。手插在袋口裏，小鐵箱上的鎖匙把人的夢敲醒了，今天正是癩大約妥的日子，誰耐煩替他把那種酸溜溜的風，妳回來越晚越好，九點有班南下的車，那時我疤二，嘿嘿，旅館裏正洗著熱水澡。

燒鳥舖下午不開門，女人一走，疤二晃到隔壁清涼冰果室吹風扇去了。冰果店新來的蘭子十七八，一朵含苞待放的花，臉上沒胭脂，嘴裏沒金牙，肉棍兒似的小白腿，找不到半塊蒼蠅大的疤。蘭子的長髮捲捲蓬蓬的籠著一團夜霧，蘭子的側影是一彎俏俏的白，活像初三四的月牙兒。——我疤二今天窮光蛋一個，明天就不窮了，女人定有虧心事，施吉死得有點兒蹊蹺？她要敢去報我竊盜，我就掀翻她的尾巴！有了錢，我要找個蘭子這樣兒的。

蘭子站在一幅電影的彩色廣告前面，廣告上大雪飄飄，馬背上的昭君使擋風的斗篷半掩著臉，白馬紅裘，把著琵琶，蘭子就像畫上走下來的昭君，望一眼滿身清涼。

鐘敲五點，疤二回到燒鳥舖去喝酒，日式的磁酒壺，施吉生前愛用的古董，細頸兒，鼓肚兒，細白的磁面上立著一個穿紫色和服的女人，帶著紅色背鼓（註：飾物。）繫著鵝黃的腰帶，一把花扇摺半遮著蛋形的臉。

慢條斯理喝到三分醉了，才決定爬上閣樓去開小鐵箱。我把它偷空了，女人當天也不會知道，等她知道，我疤二早已走遠了。疤二爬上閣樓，摸著那口鐵箱，鎖匙透進鎖孔，輕輕一頂，喀擦一聲鎖開了。——慢慢較，慢慢較，疤二。可是那顆心不自禁的撲撲跳，箱蓋一打開，疤二的臉忽然長了！

——箱子裏空空的沒有一毛！糟，女人真是精，不知把積蓄給放到哪兒了？東翻西找也找不著。趕快下樓，女人就該快回來了。女人到亮燈還沒回來，那邊門一響，闖進來醉呼呼的癩大。疤二苦笑說：

「癩大叔，天才落黑，你怎麼這麼急法兒？——她上墳還沒回來呢！」

癩大伸出一隻手，拿雞似的抓住疤二的衣領說：「好！你幹的好事，唆弄阿旺進我的門，他……他跑了！」

「呃，呃。」疤二脖子縮沒了，腳跟離地，兩手亂擺說：「是不是跟桂花一道跑了？」

癩大那張臉變成豬肝色，越來越獰惡了：「還提桂花?!她打胎死了！阿旺拐誘著這個賤女人跑了！這本賬，只有我跟你算！」

「呃，呃，呃。」疤二說：「你！你?!你！呃，呃！」

癩大舉一宗黑忽忽的玩意兒朝疤二頭上一敲，疤二悶哼一聲就沉進無邊的黑裏，什麼也不知道了。他手裏還捏著日式的白磁酒壺，磁面上的東洋女人諷刺什麼似的笑著，若無其事的搖著花摺扇兒。

十一

秋雨不知什麼時刻蕭蕭的落著了，賣當歸羊肉的黃老頭兒手抱著膝蓋坐在店舖裏，店舖裏暗暗的，只有電爐上微紅的火光映亮他的老臉。他冷漠的睜著眼望透眼前黯沉沉的空間，雨在落著。他也並沒認真的望什麼。他身後積滿灰塵的板壁上掛著他老妻的遺像，遺像前的香爐裏點著香火。

日子對黃老頭兒是很平淡的，年年全有夏天，而現在是秋天了。

國家圖書館出版品預行編目資料

大黑蛾／司馬中原著.— 初版 —
臺北市：風雲時代，2008.01
面； 公分

ISBN 978-986-146-427-5 (平裝)

857.63 96024853

大黑蛾

作　　者：司馬中原
出 版 者：風雲時代出版股份有限公司
出 版 所：風雲時代出版股份有限公司
地　址：105台北市民生東路五段178號7樓之3
風雲書網：http://www.eastbooks.com.tw
官方部落格：http://eastbooks.pixnet.net/blog
信　箱：h7560949@ms15.hinet.net
郵撥帳號：12043291
服務專線：(02)27560949
傳真專線：(02)27653799
執行主編：朱墨菲
美術編輯：許芳瑜

法律顧問：永然法律事務所　李永然律師
　　　　　北辰著作權事務所　蕭雄淋律師
版權授權：司馬中原
初版二刷：2010年11月

ISBN：978-986-146-427-5

總 經 銷：成信文化事業股份有限公司
地　　址：台北縣新店市中正路四維巷二弄2號4樓
電　　話：(02)2219-2080

行政院新聞局局版台業字第3595號
營利事業統一編號22759935

定 價：220元